殉教者

加賀乙彦

講談社

殉教者

【目次】

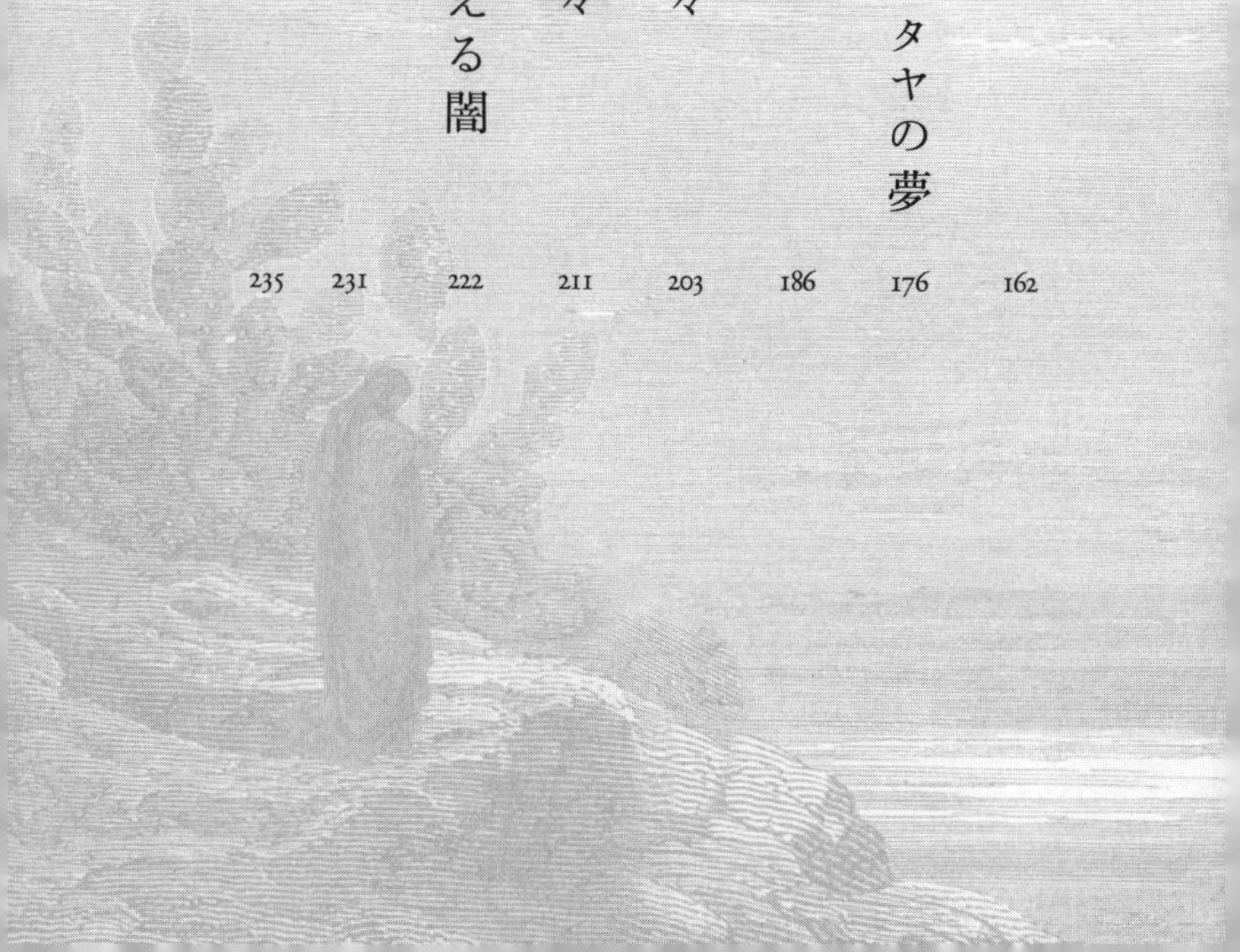

ペトロ岐部 殉教への道のり
ローマへの往路
ローマからの復路
アジア
水沢
京都
江戸
長崎
坊津
吐噶喇《トカラ》列島
太平洋
マカオ
アユタヤ(タイ)
ゴア(インド)
マニラ(フィリピン)
マラッカ(マレーシア)
インド洋

エウロパ
アフリカ
大西洋
アラビア海
ヴェネチア
アッシジ(イタリア)
ローマ
モンセラート(スペイン)
バルセロナ
マドリード
リスボン(ポルトガル)
イスタンブール(トルコ)
アレッポ(シリア)
バグダード(イラク)
ガリラヤ湖
ダマスカス(シリア)
エルサレム
ウブッラ
ホルムズ海峡
モザンビーク

装幀 岡 孝治

写真 AKG-images / PPS 通信社

殉教者

1　さらば故郷よ

　一六一五年、二代将軍徳川秀忠がキリシタン禁教を発布した翌年、花吹雪が果てて青葉の芽生えが始まったころのあかつき、長崎港より半島を南下した野母《のも》の港から、一艘の和船が密やかに沖へ向かって漕ぎだされた。

　櫓《ろ》の漕ぎ手は土地の漁師、乗客は二人、日本人と南蛮人。前者は背低《せびく》の肩幅の張った青年、後者は反対に高背の少年である。二人は無言でいたが、時どき親しげな表情を見合わした。けれども、二人の服装は各自まるで掛け離れていた。青年のは、汚れ木綿の着流し、すなわち貧乏百姓と見え、少年のは、赤い胴服に黒羅紗の合羽で、すなわち紛れもなき南蛮人と見えた。

青年はペトロ岐部と言い、セミナリオという初等神学校を卒業した同宿《どうじゅく》の身分、少年はエスパニア人でイエズス会士のガブリエル・ゴンザレス修道士である。


大雨が降りそそぎ視界が狭まっているのに、櫓の漕ぎ手は練達の漁夫らしく、和船は数多《あまた》の小島の間隙をすべらかに縫って進む。湿り気を帯びた櫓べそを中心に櫓は撥ね踊り唄い、われら客人二人を慰めるかのようだ。夜が明けても、黒い滝の底を行くように、雨雲と海とが抱き合って洞窟さながらの空間となり、遠くは見渡せない。和船がとある島の入り江に滑り込むと、松林に隠れていた小型の外国帆船が松林を突いてぬっと現れ、見るまに大きくなった。漕ぎ手の押す腕、引き腕がせわしくなり、船は倍速の矢となって、拡大された外国船に近づき、ついで密着する。船から縄撞きの籐籠が手練の腕前で投げ下ろされ、和船の二人の客が、おのおの荷物を籐籠に載せて簡単に引きあげてもらう。ついで縄梯子が垂れてきて、難なく二人は船上の人となる。漁師の船が去って行くのに向かって、二人は手を振り、感謝と離別の挨拶を送る。すべての動作は無言で行われた。

帆船の船室では、エスパニア語が陽気な南国のエウロパ人らしく野放図の高声《たかごえ》で飛びかっている。時折ポルトガル語が異調子でそれに混じる。その混声がなつかしい。そう、エスパニア語とポルトガル語は、少年時代から長崎の、そして有馬のセミナリオで聴きなれていた外国語である。笑いの混じった声高な会話で、この船上がキリシタン迫害を是とする徳川幕府の手の届かぬ、平和で安全な異国であると知られ、われは安堵とともに同伴のガブリエル修道士に微笑を送る。われらはエスパニア風に抱擁して無事乗船を祝福しあう。

中央マストに帆の繫留が始まると、人々の会話が固唾の緊張に沈み、出発の成功を祈る目付きが光った。小雨が帆布に滲みて、重々しい撓《たわ》みを持つ。船はゆるゆると進む。あるかなきかの弱い風が飛び去るのみ。先ほど乗っていた和船のほうが速かった。あれはとにかく、一刻も早く二人を帆船まで送っていかなくては、という使命感に充ちた、たくましい漁夫の漕ぎようではあった。お、この船、やっと外海に出た。しめた、力のある横風が祝福を送ってきた。艫《とも》で歓声があがる。日本人の少年たちで、ほころび多い、貧しい着流しであるが、どこか、学問をした者らしい利口つらで話している。

近づくと同宿らの歓声が涙声になった。いやいや、初めから泣いていたのだ。それは遠ざかっていく故国に最後の別れを告げる泣き声だった。ほっそりとした背格好の十七、八の少年たちだ。雨で涙を流したが、白眼が充血して赤いのは隠せない。よいよい、泣きたまえ。すでに二十八歳となった、年上のわれにも別れの悲しみはある。けれども旅だちの喜びもある。で、笑顔を見せ視線で慰めてやり、今度は舳《へ》先《さき》に向かう。

この船の航路の方角の水平線が泡立っているが、それは風力の為せる業とも見える。舳先に立つ。なんと、強風に押されて船足は速い。行け、行け、大海を切って行け。暗く閉ざされていた牢獄の故国と違って、海の上には無限の解放と自由がある。おお、耳朶を擦る風音が華やかな歓声さながらだ。

去年、一六一四年二月一日のこと、二代将軍徳川秀忠は、南禅寺住職、金地院崇伝《こんちいんすうでん》に命じてキリシタン禁制の命令書を書かせ、主だった外国人宣教師や勢力のある日本人キリシタンに向かって長崎に集結せよとの大号令を発した。

ところで、幕命のキリシタン追放を迫害にまで拡大解釈したのが、元キリシタンの福岡城主黒田長政であった。ダミアンの霊名を持つ人が、何故キリシタン弾圧に組したのかは、われには理解できぬ。が、われの勤めていた秋月教会の主任司祭、イタリア人のパードレ・エウジェニオの解釈では、元羽柴秀吉に忠誠を誓った父黒田孝高《よしたか》が関ヶ原の役において東軍に組した新参者への疑惑をぬぐいさるために、あえてキリシタン迫害を派手におこない、幕府に忠誠の姿を示さんとしたと言う。

そういう詮索はともかく、去年三月十三日、秋月のキリシタンたちは、黒田長政の捕り手どもの急襲を受けた。歴戦のつわものどもに、平和を旨と奉じて来た領民は逃げる間もなく、圧し拉がれた。されど手筈のごとく、われらの教会には急信の走者が来て、パードレ・エウジェニオをはじめイルマンすなわち修道士三人、われすなわち同宿一人、小者十一人と一同連れだって、森の中に逃げ込み、山中の細道をたどり、秋月を一望できる高台に隠れた。

秋月の里では十四日、捕り手どもは土足で家の中に踏み込んでき、住民の名前をすべて記録して回った。十五日には、一隊が夕食中のキリシタンたちの部屋に踏み込み、ロザリオやマリア観音の聖画を奪い取り、キリシタンの名を書き連ねた藁半紙に、おのれの信じる宗教を示せと厳命した。

名前の上に○印をつけた者は棄教者とみなし、下に○印をつけた者はキリシタンとみなす、という御布令である。心弱く命の惜しい者は、○印を上につけたが、多くの者は敢然と下部に印をつけた。マティアス七郎兵衛は秋月のキリシタンの総元締めであったが、彼の留守のあいだに奉行の手の者がきて○印の書類をみせたので、家人が○印を上部につけて奉行の詮索を逃れんとした。それを知るやマティアスは家人の隠蔽工作に激怒し、○印を下部につけなおさせて、食事を中断して捕り手の頭に向かって、自分ははっきりとキリシタンであり、しかもこの地方、博多から秋月にかけての統領であると宣言した。捕り手はマティアスを刑場、すなわち川岸の荒地に連れていき、首を斬り落とした。マティアスの後を慕ってついてきた里人から悲鳴や泣き声があがり、数人の女どもは失神した。しかし、マティアスの犠牲のおかげで、ほかのキリシタンは斬首の刑を免れたのだった。

翌三月十六日の深夜、われは、秋月のキリシタンの若者たちの先頭に立って走り、埋葬された遺体を掘りだし、用意した木箱、けっして棺には見えぬ、釣魚《ちょうぎょ》を入れる平板な箱に遺体を収めて、博多の海辺に運び、舟に乗せて長崎に向かった。漕ぎ手はむろん腕力の衆に優れたわれである。

三日後の深夜、月光のもと、木箱を小高い丘にあるトドス・オス・サントス、つまり全聖人教会の附属墓地に移葬する作業に熱中した。数年前に帰天したわが父ロマノの墓の隣に、深い穴を掘り、あるパードレにミサを立ててもらい、遺体を念入りに葬った。土をかぶせる前に遺体の右手の中指を切り取った。その指をローマまで持っていき、殉教者の鑑なる人物の聖遺物としてローマの墓地に埋葬してもらおうという決心がそのときに不意にわが心に生まれたのだ。

トドス・オス・サントス教会堂の近く。松林の奥の小屋に、わが母マリアがわが弟ジョアン岐部五左衛門とその妻ルフィーナと三人で住んでおり、長崎に来るたびに、われはそこに泊めてもらっていた。

樫の木を削って頑丈な小箱を造り、マティアスの指を保存することにした。木工好きの弟は小箱を器用に造り、母は自分の面紗を鋏で裂き、その白絹の袋に指箱を収めてくれた。

夕餉の折、われは母と弟夫妻に自分の危惧を漏らした。

「ここの住まいは、教会の間近にあり、そこに通うには便利だが、いかにもキリシタンの住居らしく見える。秋月のむごい吟味ぶりを見れば、ここ長崎も奉行によっては迫害が起こるのは必定と思う。われに一案あり。旧知の信徒にて交易を商いする人がおります。その人の家、四方を深い竹林に囲まれて、格好の隠れ家と思われまするが、いかが？」

その人の名前を言うと三人には既知の信徒であった。三人家族の承服を得たので、われはその交易商に話し、応諾を得た。松林や坂の街を抜け、密生する竹林の小道に入って行くと、彼の家に到達できた。この広壮な家は、四方を竹林に囲まれ、同時に八方に小道を持ち、火急の時は自在に韜晦《とうかい》逃亡が可能と思われた。宿替えの日、屈強の若者数人が車を牽いて現れ、小屋の移転は素早く終わった。その素早さにわれは母と弟たちの貧しい生活を見取り、胸を突かれた。

三月末になると、気まぐれな春風のように、日本各地から移動してきたキリシタンが陸続として現れ、教会堂、信徒館、キリシタン自宅と、宿泊の場所を探す人々で混雑した。キリシタンはグレゴリオ暦を使っているので、その日曜日には教会堂でのミサに人が溢れ、堂前の広場には、人々が石畳に座り、聖歌を唄い、司祭の説教を聴いていた。一見、キリシタン全盛時代が出現したかと思われたが、その実は、強制された移住者、迫害を逃れた逃亡者の路上にあふれた哀れな姿であったのだ。

われの母校、有馬セミナリオは有馬領日野江城下に建てられていたが禁教令が発布されてから閉鎖されていた。城主有馬直純《なおずみ》の手勢はセミナリオやコレジオ（高等神学校）を急襲し、教師をしていた神父や修道士や学生《がくしょう》を追い払ったので、人々は洪水のように長崎に流れこんだのだ。

五月雨《さみだれ》が降りそめしころ、われは、直純の行なった迫害の実態を調べようと、百姓姿に身を窶《やつ》して有馬地方に潜入した。懐かしい土地との再会であった。われが同宿として勉学に励んでいたころ、セミナリオと修道院が二軒あるだけの閑寂な田舎であったが、今ではセミナリオのほかに、日本でもっとも大きなコレジオが建てられており、多くの日本人学生が勉学にいそしんでいた。ラテン語、倫理学、文学、音楽、とくにエウロパの楽器演奏が教えられて派手やかな学風であった。修道院も六つもあり、教師として司祭や修道士が大勢つどい、まるで異国の町が出現したかのような景観であった。そのような町を造りあげるために、イエズス会は多額の費用と労力を注ぎこんでいた。それが禁令の発布で、わずか一日のうちに、すべての施設が没収され、教師たち全員、大勢の神父と修道士と日本人教師が馘首され、学生であった同宿たちは追い払われたのである。

空虚な建物の奥に身をひそめている変装姿の神父や修道士に出会っては、有馬のキリシタン施設が崩壊した経過を聞き出し、委細を日録に書き留めた。イエズス会士のなかには、建物を接収する城主の手の者たちに反対の声をあげ、進路を妨げようとした人もいたが、その人は立ちどころに喉や心臓を刺されて成敗されたと言う。

それでも城主側は日本人には寛容であった。幕府の命令に従い教えを捨てる者、日本人の自覚に目覚める者は許されて仏教徒となり、どの寺を菩提寺とするかを申告せよと命じられた。そうなって、おのれの信仰に目覚める者、転び伴天連となる者と分かれるのであったが、当初は夜陰にまぎれて逃亡する者も多かった。が、一度は逃亡したものの、飢餓にあえぎ、故郷に戻る者も増えてきた。

そうこうするうちに、信仰深き者、キリストのためにおのが命を捨てる「よろこび」を表明する者が現れた。五十歳のミゲルがそれである。ミゲルは十三もの信心会の代表を務めた人で、断食、苦行、贖罪《しょくざい》で体を酷使し、痩せ細った伝道師に見えた。信者たちの世話をしていたパードレが有馬から追放されたとき、ミゲルは信心会の全員を集めて演説した。

「今こそ、吾らの信仰を示す喜びの時である。おのが命を捨ててキリストに倣う最高の時が与えられたのだ」彼の演説に同調した千五百人もの人々が、キリシタン名簿に署名した。

城主有馬直純は、ミゲルと信者たちの動静を報告されて困惑した。幕府の望んだのは、キリシタンは殺さずに苦しめて棄教させせよ、と言うのであったから、初めから死を望んでいる人物には、いかなる処置を下したらよいかと困惑したのである。結局ミゲルに死罪を宣告し、その首を断り落とした。

有馬地方から島原半島の南の港、口之津あたりを歩きまわり、どこぞで殉教があったと聞くと、その人々の足跡を追い求め、なし得る限りの事実を掘り起こした。殉教者の名前、年齢、逮捕の切っ掛け、吟味の方法、拷問の有無、帰天の年月日。それらを史実として記録した。とくに重視したのは、死に臨んでの殉教者の寸言、遺言、辞世の句などであった。こうして潜行の旅を重ね、およそ二十数人の殉教者名簿が出来上がった夏の盛りに長崎に帰った。

件《くだん》の交易商の家で母と弟夫婦が喜び迎えてくれた。追放令後の心労のためか母上の背中が曲がり痩せ細った姿が痛々しい。われの故国を去る日が迫っているのだから母と過ごす寸刻を惜しむべきではないかと反省もした。しかし、九州で大勢の殉教者が出ている今こそ誰かが、殉教の史実を記録すべきだという使命感も迫ってきて、絶えず動き回る衝動を抑制できないのもわれの性分だと自覚もしていた。母上にそれを正直に告白した。言下に答えが来た。

「キリシタンにとっては、イエス様の御恩に報いるのがなによりも御大切です。今、それができるのならば、それを第一にしたらいい。お前がそうするのなら、わたしも第一に嬉しいよ」

われは母上に平伏して頭を何度も下げた。わが涙が散ってロザリオの真珠のように光った。母の衿の奥に隠されているロザリオが涙に答えるように揺れたようだ。それは父ロマノが母マリアに贈った本真珠の逸品で、母はいつも肌身離さずに携帯していた。

キリシタン以外の世の人々は、ロザリオを首飾りだと間違えて、禁教令以前には長崎でも、かなりの女たちが誇らしげに首に懸けていたものだが、それは大間違いである。ロザリオは神聖な祈りの回数を数える数珠なのだ。「アヴェ・マリア……」の天使祝詞を十回、「天にましますす……」の主の祈りを一回、天使祝詞を十回という具合に、指先で数珠を滑らしていくのが「ロザリオの祈り」である。

祈りである以上は、その行為はひっそりと、隠れた場所で行うのが正式である。そこでキリシタンはロザリオを他人に見られない所、母上のようにふところ深い所に隠し持っているのだ。

五左衛門が耳寄りな消息を伝えてくれた。著名なキリシタン大名高山右近がトドス・オス・サントス教会堂の信徒館に宿泊している、そして右近の聴罪師になったのがペドロ・モレホン神父で、聖堂の司祭室に泊まっているという。

モレホン神父といえばイエズス会では知名の士だ。その経歴もわれは調べたことがあり、よく知っている。一五六二年生まれで、今五十二歳、われが生まれた頃に司祭に叙階され、天正の遣欧使節の四少年が帰国するのに付き添う形で来日し、数年で日本語を流暢に話すようになり、遣欧使節の一人、伊東マンショによれば「ラテン語でも日本語でも立派に神学を語れた」と言う。永らく大坂や都で布教しており、このたびの禁教令で重要な宣教師の一人として長崎に追放されてきたのだ。

つぎの日曜日にトドス・オス・サントス教会でのミサをパードレ・モレホンが司式した。ミサはラテン語で行われたが、説教は日本語で為された。暢達の発音で聖堂いっぱいに感嘆のどよめきが走った。ミサが終わったとき、われは急いでパードレの後を追った。と、祭壇から降りてきた神父の前を白衣の老人がゆっくり歩いている。腰の物はなかったが、武士らしき威厳が物腰に備わっている。高山右近とわれは見定めた。聖堂の外には熊蟬の声が真昼の光を薙《な》いでいる。

「パードレ様、お話ししたき儀がございまする」右近が足を止め、モレホンは振り返った。一気に申し上げた、わが名前とイエズス会の同宿であること、秋月、有馬、島原地方の殉教者の記録を作ったこと。それだけを話すのに、物怖じをせぬわれが緊張のため汗みずくになっていた。

モレホンは頷き、われを司祭室に案内した。

去りゆく老人の後ろ姿を見送りつつ、われはパードレに言った。

「高山右近様でございますか」

「左様じゃ。あのお年で病身が気遣われる」

室内に入り、われは殉教者の記録を差し出した。モレホンの目は鋭くなり、死者の一覧表、各自の出自と身分と家族、信心の閲歴、成敗せし取り手の名前と素性と読み進んだ。小半時で読み終えると深い溜息をついた。

「よく整理なさった。文章の推敲が行き届いておられる。清書された字も美しく読みやすい。殉教者の記録として間然する所がない。これはわたしの編集しつつある日本殉教録にそのままで登載できる。もちろん記録者としてそなたの名前も録して行く」

「わたくしめの名前など省略してくださいませ。パードレ・モレホン様が著者であればこそ、人びとは真実だと認めます。わたしごときは名も無き者、御著の瑕瑾《かきん》となりますれば」

「わたしは大坂と都での勤めが長いが、この長崎、有馬、島原、とくに秋月の殉教についてはうとい。これらの地方の記録については、そなたらの助力を受けるのが真実を伝える道じゃ。遠慮なさるな。とくに秋月のマティアスの殉教については、そなたの文言は委細をつくしてあり、そのエスパニア語訳を挿入すればよい。わたしには、そなたの文章を添削するほどに日本語は巧みではない」

　われは頭をさげた。そうまで言ってくださるモレホン神父の判断に反対はできない。

「わかりました。パードレ様の御好意に感謝いたします」

「これからも殉教者の委細を調べてください。わたしはイエズス会の命令で高山右近殿の聴罪師になったので、今後幕府の下す流罪地の指示があれば、それに従い移動せねばならぬ。殉教者の記録もその地に送ってください」

「わかりました」われは、さらに深々と頭をさげた。迫害の燃え盛るなか、全力を傾けて旅をし、収集してきた殉教者の記録が、モレホン神父の編集した本により後世に残ってくれるとは嬉しいことだ。

　秋の虫が鳴き始めたころ、黒田長政の福岡城下を密行した。マティアスが馘首されたあと、彼の一族がどうなったかを調べてモレホン神父に報告しておかねば、殉教録としては首尾が完全ではないと思ったからである。かつてわれが働いていた教会堂は破壊され、残骸のみとなっていた。秋月の里にはかなりの数の村人が残っていたが、マティアスの一族は全員が惨殺されたと教えられた。マティアス一家の女子どもを含む全員が首を刎《は》ねられた。後ろ手に縛られた一同の首を捕り手が一斉に刎ねたという。われは全員の動静について村人から聞き書きした。

長崎に帰り、モレホン神父にマティアス一家の惨劇を報告したころから、トドス・オス・サントス教会は騒がしくなった。奉行所からキリシタンの国外追放の命令が出され、高山右近とモレホン神父は、マニラ行きと定まった。われわれはもう少し殉教録のために働いてからマニラに参る所存と告げた。事実、モレホン神父に、島原半島の南端の港、口之津で、新たな迫害が始まりそうだと噂されて、事実を確かめる必要に迫られていた。

十一月七日と八日の二日、キリシタンを満載した四隻の船が、長崎湾外の福田港から発った。マニラとマカオ、つまりエスパニアとポルトガルの基地の町に直行する船便であった。しかし、われわれは母と五左衛門夫婦に別れを告げ、ひとり百姓姿で口之津に潜入したので、福田の歴史的大追放の有様を見聞できなかった。

すでに、九州各地で教会が壊され、キリシタンの逮捕、拷問、殺戮が頻繁に起こっていた。そんなさなか、口之津でついに迫害が起こった。襲われたのはミゲル高麗《こま》という四十八歳の朝鮮人であった。秀吉の朝鮮出兵の時、捕虜として日本に拉致されたが、秀吉の死後も、故国に帰らず、キリシタンになった幸せを失うまいと日本にとどまった人である。貧しい人に施しをするために、金曜土曜の食事を抜いて、それを与えていた。しばしば癩病患者を家に連れてきて、できるだけの施しをし、「あなたたちは私の兄弟であり、私は癩病でないからといって、あなたたちを卑しむ理由がない」と言っていた。彼は熱心なキリシタンとして怪しまれて逮捕され、ひざの筋を切断されたうえ、殺され、首を斬り落とされ、体を寸断された。十一月二十二日の出来事であった。

この死の前に彼はほんの少しの麦を蒔いた。細君は、もう冬になり、種まきの季節ではないと言ったが、ミゲルは、それは飢えているお前のための種まきだと答えた。彼の死のあと、穂を出して花をつけ、そのあとで驚くべきことが起こった。極寒の一月に麦が育ち、ポルトガル計量単位で四パルモ（八四センチメートル）の高さに達したのだ。彼の死の前にほかの人々がおのがじし種をまいた麦は、やっと四デド（七センチメートル）の小振りに過ぎなかったから、ミゲルの麦の奇蹟に驚いたのである。

人々はこの奇蹟に感激し、ミゲルの穂を刈り取って聖遺物として大切に取り扱った。彼らが故郷に持ち帰った麦はただちに各地で季節はずれの穂をだし、育っていった。さらに驚くべき出来事がおこった。一度刈り取った後に再度穂がでて、いくつかの穂は刈り取ったあと三度も穂がでるという奇蹟をおこしたのだ。

口之津で殉教者の記録を集めているうちに、ガブリエル・ゴンザレス修道士と知り合いになった。彼もまた、ミゲル高麗の不思議な麦を追って口之津周辺を旅していたのだ。大きな背負い袋には、あちこちで蒐集した神秘の麦を詰め込んであった。二人が同じ目的で旅をしていると明らかになった。彼は、われより十も歳下の男であったが、目立つ服装の故に安全なのだった。白人のうえに女性かと思われる長髪に南蛮帽子をかぶっていた。猩々緋《しょうじょうひ》の南蛮胴服に黒羅紗の合羽というので、えらく目立ったが、エスパニア人とオランダ人とを見分けられぬ奉行所の役人に身分証を吟味されることはなかった。たとえ吟味があっても、エスパニア語もオランダ語もチンプンカンプンな小役人には判読できなかった。それどころか、幕府の厚い保護を受けているオランダ人に失礼を働かないようにと努めている役人には、触らぬ神に祟りなしなのであった。

ガブリエル修道士はモレホン神父を尊敬していて、その日本殉教録のために働きたいと思っていた。普段はマニラに住み、修道士として教会で働いていたが、日本人のあいだに殉教者が増えるにつれて、小型の帆船、彼の言う「秘密の快速船」で長崎近郊に来日しては九州各地に潜入していた。そして帰る時には、日本を脱出する人々、エスパニア人、ポルトガル人、日本人を誘い集め、ともに乗船してマニラに向かうのだった。こういう往復旅行をするのは今回が三度目だという。

雨が垂直に落ちる無風の日が三日続いたあとで、晴れて爽やかな東風が吹く日になった。かなり大きな帆船が最大速力を得られるのは、追い風のときではなく、横風のときである。帆の幅が小さく垂直方向がながいほど速力が出るのだ。なぜかと言うと、大型帆船には艫に背高な部屋や砲台があり、その前に多くの帆を張った中心帆柱の邪魔をしているからである。それに反して左右から来る風はすべてが帆に吸い込まれるので、無駄がなく風力を利用できるのだ。ま、これは誰でも知っている初歩的な航海術の知識である。

今がまさにそういう具合に風が船に活力を吹き込んでいた。甲板に立つ神父や修道士たちが歓声をあげている。左からの風、つまり「左舷開き」の状態こそ、ありがたい。波だつ海を、船が全速力で走ってくれるほど気持ちのいいものはない。こうして数日経つと、残念、南風に変わった。逆風だ。錨を落として停泊である。

昼はガブリエルと二人船室にこもって、殉教者の記録に加筆したり、思い違いしていた事実を直したりする。夜は満天の星を眺めながら、星座の名前と来歴を彼から教わる。この少年、迫害という現代に目を向け、ギリシャ神話という過去にも詳しい。

幸い東風が復活した。船は快速で進む。出会う島々は南国風の椰子《やし》やバナナや分厚い花々が多くなり、熱帯地方らしくなる。

日本を離れてから四十日目に船はマニラ港に着いた。すでに六月の雨期になっていた。高い城壁に囲まれた城のような街が「イントラムロス」つまり城壁内町と呼ばれるエスパニア人の居住区で、雨に磨かれた城壁が光り、冷たい石の威厳を放っている。この居住区の外側は、大地に捨てられたように置かれた小屋の街で、フィリピン人および外国人の居住区だ。

日本人町もどこかにあるはずだが、ガブリエルも訪れたことがないそうだ。城壁の上を彼の案内で歩く。大砲が並び、エスパニア人の兵隊が交代で監視の任務についている。フィリピン人の小規模の叛乱が時々あるので、厳重な警戒である。外国人のなかで日本人には乱暴者が多く、監視の対象だと彼は言う。去年、キリシタン大名だった高山右近がマニラに到着したとき、フィリピン諸島総督は、これで日本人の乱暴が抑えられる将軍が現れたと思い、おおげさな歓迎騒ぎで迎えたのだが、右近はすぐ熱病で亡くなったので総督は当てが外れて失望したとも噂されていた。

ガブリエルがわが家に泊めてやると言い、そう言ってから慎重にも走って消え、父親の許可を受けてから迎えに来た。庭はニッパ椰子の木立が陽光を遮り、芝生を敷きつめた豪華な家である。われが自己紹介をラテン語でするると、フィリピン諸島総督の部下のゴンザレス将軍だという父親が目を丸く開いて、驚いてみせる。このハポネス（日本人）は相当に学識があるなと認め、固く握手をしてくれた。

ガブリエルと連れだってイントラムロスの整然とした街区を歩く。白い壁が雨に濡れて光っているのが幾何学模様を演出して美しい。メトロポリターナ大聖堂という石積みの建築を見る。石をどのようにして高々と積みあげるのか、初めて見るエウロパの建築技術に、声もなく感嘆する。もっと驚いたのはオルガンの響きである。聖なる天上から落ちてくる、巨大な音楽が耳の奥まで響き渡る。それはさらに胸の奥の心臓に沁みこんでいった。

つぎに、便船の事務所に入って調べると、一月後にポルトガルのナウ船がマカオに向けて出港するという予定を告げられた。その乗船券一枚をガブリエルの父ゴンザレス将軍が購入してくれたと言い、若き友人は乗船券をわれに差し出した。遠慮する間もなく、われは礼を言って受け取っていた。さて次々と大小の教会堂を訪ね、最後に訪ねた小聖堂にガブリエルは所属していた。神父は外出中で会えなかったが、聖堂の隣に事務所があり、そこで休む。

モレホン神父の消息をガブリエルに尋ねた。モレホン神父は高山右近の聴罪師であったから、終始、右近のそばにいて、世話をしていた。そこで今年の二月、右近が帰天したときに、新大陸のメキシコで高山右近伝を書く決心をして、三月末、エスパニアの便船で大海原を渡ったのだ。執筆の場所としてメキシコを選んだのは、エウロパで出版するより、植民地のほうが、出版費が安いためであると。

エスパニア人は、フィリピン諸島を完全な植民地にして、フィリピン人を被征服者として、つまり自分たちより下層の土民とみなしていた。しかし、イエズス会のセミナリオで勉強していた日本人の同宿に対しては、一応同等の人間として、礼儀ただしく付き合ってくれた。とくに、日本人の殉教者列伝を書いているモレホン神父に情報を報告してきたわれには、その働きを是として、住居や食事に何かと便宜を図ってくれた。有馬のセミナリオでわれのラテン語教師をしていた結城ディオゴ神父がマニラに在住していて、親切に面倒を見てくれたので、ここに滞在中、不自由ない日々をわれは過ごすことができた。

今回のキリシタンの国外追放によって大勢の同宿や神学生がマニラに連れてこられた。彼らの勉学熱は高かったが、彼らを泊める宿、勉学のための施設は満杯で、彼らのための施設や財政的援助が必要になったので、イエズス会本部で対策を立ててくれという書簡を結城神父がローマのイエズス会総会長宛てに出していた。この問題はマカオにおいては、もっと切実な問題になるだろうというのが、結城神父の予想である。

2　大海の夢

一六一五年七月、雨期に南より吹く季節風を利用するポルトガルのナウ船がマニラからマカオに向かって出港した。四本マストの巨船である。マストの二本目と三本目の高々とした先端には防弾壁に囲まれた監視場があり、大海の水平線の彼方まで警戒できる仕掛けだ。左右の舷側にはおのおの五門の大砲が備えられているし、艫の高い船室の屋根では、四方に自在に発射できる速射砲が睨みを利かしている。要塞さながらの船に乗って初めて、エスパニアとポルトガルの開いた大航海時代が宣教師の熱意とともに、軍隊の威圧的な武力で切り開いた時代でもあると実感した。

乗り込んだのは、狭いけれども個室である。まず荷物の整理をする。むろん聖遺物にしていたマティアス七郎兵衛の指の小箱を荷物の奥に紛れこませていた。

マニラでひと月ほど充分休養を取ったおかげで、過去の出来事をとっくりと思い返す余裕が持てた。とくにこの一年間の多忙な出来事を整理し記述する暇が得られた。そう、これをモレホン神父に、マカオから船便で送ろうと思う。船便をするときには、西廻りのポルトガル便と東廻りのエスパニア便の二通を出す決まりである。手紙が不慮の出来事、遭難、海賊の急襲などでローマに届かぬ場合に備えてでそう定められていた。ところで殉教者の記録は、かなり大部になっていたから、同じ記録を二つ作るのはおおごとである。

大小の島々が高波に沈み、低い波に競りあがり、にぎやかに踊り狂いながら遠ざかっていく。目の前に最後の別れと思われる島が大きく近づき、ついでぐんぐん縮小していき、水平線の向こうに沈んでいった。

どの島も、西日を浴びて黄金色に熟していた。フィリピン諸島の樹木は、一年中おのが緑を力強く見せていて、故国日本のような、春夏秋冬のはっきりとした変化などを示してはくれない。しかし、ここの一日の時間の中では、まったく違った様相を朝昼晩に区分けしてみせてくれる。今、夕方に黄金色に熟しているのは、ニッパ椰子や竹やバナナに加えて、威厳のある太い幹ですっくと立つ檳榔樹《びんろうじゅ》である。あとは名も知らぬ熱帯雨林だが、それらが力強い命を、あからさまに見せていた。朝の濃い草色、厚い丈夫な布のような緑は日本では真夏にしか見られないが、この国では鋭い旭光に照らされて朝のうちから真昼の暑熱を予感させている。真昼は草色の葉を突き抜ける灼熱の光が眩しく輝く。そして夕方になって日が沈むと、闇を集めた天球一面に豪華な、無数の星の世界を現出させる。

時々、フィリピン人の集落が見られるが、森が圧倒的に広く島を占領していて、緑濃い島が続く。やっと蒼波一色の大海に出たと思うと大きな島が黒い巨船のように浮かびあがって、高速で近づいてきた。ルバング島だとポルトガル人の水夫が教えてくれた。なぜかその島がわれの未来の運命を定める大切な美しい島のような気がした。いつかお前はこの島に戻ってくるという不思議な予告を主イエス・キリストの御父、万物の創造主デウスより送られた気がした。われはひざまずいて、この島と自分との再会を祈った。すると、この熱帯地方には珍しい、ひんやりとした涼風が吹いてきた。風音《かざおと》が何かのささやきのようだ。デウスよ、われに何を教えたもうか。

美しいフィリピンの島々よさらば。背高なナツメヤシの森、風通しのよいバナナ畑のルバング島が、水平線のむこうに沈んでいき、別れを告げている。終日暑い光を放っていた太陽が今、堂々と海に沈んでいく。一日の労働の汗を湯浴みで流すかのようだ。太陽よ、ご苦労さま、明日の朝まで休まれよ。われも休まん。

個室のベッドに横たわり目を瞑ると、去年の初夏、長崎のコレジオを訪ねたときのことを思い出した。そこで作曲者のヴィセンテ・リベイロ神父の指揮で神学生たちが歌っていたのが『太陽の賛歌』であった。この曲の原作詩こそ、十三世紀の初めにフランシスコ修道会を創設したアッシジの聖フランチェスコの創作であった。われは学生たちに混じって歌うことを許可され、それ以来、この歌を愛唱していた。

「主を誉めたたえん、主に創られし自然とともに、中でも太陽とともに！」太陽に続いて月と星が唄われる。続いて来るのは風、水、火、大地、平和な人々、最後には死を迎える人々が来る。「生きている人は一人も死を逃れられぬが、死にいたる罪のなかで死ぬ人はわざわいだ、主の御心のままの人はさいわいだ！」

小声で歌っていたが、大船の帆布のはためき、波の砕ける音に紛れて、小声は次第に力強い声になったのに、誰かれの眠りの邪魔にはならなかった様子である。

いつの間にか寝込んだわれは「ペトロ岐部カスイよ」と幼い子を労わるような優しい声に呼び起こされた。目を開いてもだれもいない。声音は、マティアス七郎兵衛の声にそっくりであった。死者の指が話す？　ありえないことだが、耳をすます。マティアスは沈黙している。

走馬灯のような思い出が消えて、今、果てしなく広い海を大帆船が走っていた。われはそっと立って個室を出た。前後左右と複雑に揺れる甲板を歩く。帆柱、荷物、仮眠をとる船員を巧みに避けて、舳先にすっくと立つ。

マニラの骨董市で手にいれたエスパニア語の地図、おそらくは子供用の双六遊びのような地図にはマニラ、マカオ、マラッカ、コーチン、ゴア、ポルトガルの要塞のあるホルムズ島、さらにペルシャ砂漠、シリア砂漠、遂にはエルサレムに到達する道筋がこまかく描かれていた。双六で言えばエルサレムが上がりという具合に道筋が示されていた。

ああエルサレムに行きたい。地図を広げて星月夜の薄暗い光で眺めながら、そう思う。しかし、そのような企ては、一文の路銀も持たない人間にとっては、これまでのところ単なる空想にすぎない。

聖書に出現するイエスの説教は素晴らしい。難しい言葉づかいや込み入った議論はまったくなくて、人が天国に行く道を教えてくれる。困っている人、虐げられている人、差別されている人のために、危険や悪口をものともせずに、近づいて祝福する。イエスを信じる、それこそがわが信仰である。その信仰を、さらに強く深くするためには、ぜひともエルサレムを訪れて、十字架に釘づけされて亡くなったイエスの苦難を追体験せねばならぬ。

眠気が去り、子供の時から現在までの人生を、稲妻が飛ぶような速さで思い出していた。

われが生まれたのは一五八七年である。当時日本にいた宣教師たちは、エウロパの国々で用いられていた新式のグレゴリオ暦を使っていた。わが誕生日から二年前の一五八五年と言えば、天正の少年遣欧使節たちが、グレゴリュウス十三世の謁見を受け、すぐあとに亡くなったこの教皇を継いだ新教皇シクストゥス五世の謁見をも受けた年である。そのころの日本の最高権力者は豊臣秀吉であり、珍奇な玩具を見つけたようにキリスト教に興味を持った秀吉は大坂のキリシタン聖堂を訪ね、ミサを見物したり、南蛮音楽に耳を傾けたりしていた。

父、ロマノ岐部は、熱心なキリシタンであった。父ロマノが大勢の受洗者の世話をしている姿を想い出すのだが、母マリアについては、弟の、幼時洗礼を受けた幼いジョアン五左衛門を抱いている姿を、まず思い出す。

熱心な信者として、多くのキリシタンの世話に奔走していた父ロマノの姿は、はっきりとした記憶として残り、時々、懐かしい幼年時代の温かい思い出として、蘇える。父は、大友水軍の武士として、機敏で勇敢な活躍ぶりを示してくれたが、同時に、キリシタンとしてイエス・キリストを信じている敬虔な姿をも見せてくれた。

岐部一族の住んでいたのは、九州の国東《くにさき》半島の北方の海岸、海をへだてて形のよい小島、姫島が近くに望めるあたりであった。そこは豊後の浦辺とよばれ、その昔には国東郡伊美郷に属する郷城で、赤根、竹田津、鬼籠《きこ》、伊美、櫛木、岐部、小熊毛、そして海の島、姫島などの村々によって成り立っていた。われは、広く言えば伊美、狭く言えば岐部を故郷とすると、父ロマノより教えられていた。

国東沿岸に住みついた武士団を浦辺衆とも呼び、浦辺水軍として名前が通っていた。彼らは平和なときには、貿易や運送をいとなみ、戦争の時には豊後の府内（現在の大分市）を首府とする主人の大友義鎮《よししげ》（のちに宗麟と号してキリシタン大名となる）の水軍として戦った。大友義鎮は、日本にキリスト教を伝えたフランシスコ・ザビエルとも親しく付き合い、一五七五年には、キリシタンを嫌う妻を離別し、別な女と結婚し、臼杵《うすき》の教会でカブラル神父の手で受洗し、ドン・フランシスコ宗麟となった。キリシタンの理想郷を作るために、妻や宣教師とともに努力したが、耳川の合戦で島津軍に大敗し、臼杵に隠棲した。家中の者たちにはキリシタンに帰依する者と反対する者との間に争いが絶えず、大友家の家臣たちは不穏な政情のさなかにあった。

一五八七年四月二十七日、キリシタン大名、ドン・シモン黒田孝高の勧めに動かされて、宗麟の長男、大友義統《よしむね》など数人の武将が洗礼を受け、彼らの家臣のなかにも洗礼を受ける者が増えて行った。

しかし、そのわずか二ヵ月後に、大友宗麟が病死し、さらに翌月、豊臣秀吉は突然、伴天連追放令を出した。明国を征服するためにまず朝鮮を征服する必要があると考えた秀吉は肥前名護屋に基地となる城をたてたが、長崎からイエズス会日本準管区長のガスパル・コエリョを呼び寄せたときに、コエリョが軍艦に乗って来たこと、九州のキリシタン大名を自由に動かすとか、朝鮮征伐のときは軍艦を出動させてお助けするとか、自分の武力を自慢したので、秀吉は天下を取った自分への挑戦とみなして不快になり、ついに伴天連追放令を出した。

九州征伐の先陣を切って、大功を立てたキリシタン大名の高山右近は、軍使になって来訪した茶の師匠千利休から強くいさめられたのに従わず、信仰を守るため、領地、領民、妻子と別れて身ひとつとなり、小豆島に身を隠した。

宣教師たちは国外への追放のために、平戸に集められ、各地の聖堂、キリシタンの学校などが破壊された。洗礼を受けたばかりのロマノ岐部の領主大友義統は、卑屈にも、秀吉の命令に従ってただちにキリシタンの信仰を捨て、逆にキリシタンの迫害者に豹変した。ところが、禁令が出たあと、国東半島では、領主のもくろみと反対の出来事が起こった。父ロマノ岐部の熱心な働きで、にわかに多くの人々が洗礼を受けるようになったのである。

大友の家臣のなかには、キリシタンを信仰する者と仏教に帰依しているものとが争っていたが、ロマノ岐部の主君、キリシタンの大友宗麟が亡くなって、息子の義統が信仰を捨てたころにわれが生まれたのである。

幼いわれは主家の人々がどのような理由で相い争っていたのかを知る由もなかった。それまでキリシタンであった家臣たちが、領主大友義統と同じく簡単に信仰を捨てたという事実が、自分の父ロマノや母マリアの深い信仰とくらべて、軽蔑すべき行為に思えた。

われには父ロマノ岐部とマリア波多と弟のジョアン五左衛門夫婦の四人の家族がいた。父は熱心な霊的活動家で、秀吉の命令には全く重きを置かず、自分一家の者だけでなく、国東の人々の信仰生活に熱心にかかわっていた。われが七つになったときに、主君の大友吉統(以前は義統と称していた)が秀吉によって所領を召し上げられたために、ロマノは領主を失い武士をやめて国東に引きこもり、百姓と漁師となって家計を立てることになった。そして、息子のわれがセミナリオに入って修練と学問を積み、将来は神父として人々に尽くすことを、まるで主イエス・キリストの命令を受けたような熱心さで願うようになった。

一六〇〇年、われが十三歳になったとき、父に連れられて長崎のセミナリオに行った。深く熱心な信仰を持つキリシタンとして名前を知られていた父の推薦の御蔭で、「岬の教会」と呼ばれていたセミナリオに入学できた。長崎の高台にあるトドス・オス・サントス教会に隣接して建っていた。ところで、このセミナリオにいたのは一年あまりで、年の暮の長崎の大火のときは焼失を免れたものの、火災の時の危険を怖れ、手狭を嫌って、セミナリオは有馬の新築校舎に移った。こちらは、領主有馬晴信の城の真向かいにあり、城側には広い庭が控え、海側には長い松原が見渡され、申し分のない、美景に囲まれていた。

しかし、長崎に移ってきたロマノ岐部の一家はそのまま長崎に止まって、父ロマノはトドス・オス・サントス教会の神父や修道士の身辺の世話係をしていた。

セミナリオの学生たちは剃髪し、紺色の道服を着せられていた。教育課程は三級に分れていたが、それは三学年を進級していくものではなく、学生がその級の目標に達した勉学を終わった時に、次の級に進めるようになっていた。こうして、よく出来た者が一年で進級できることもあれば、駄目な学生が二、三年ほどとどまることもあった。全課程の卒業に、平均して六年かかった。そのあと、一年の神学専修科のような勉強があった。

学生の一日は、二月半ばから九月末までの夏季は四時半起床（冬季は一時間遅れ）、朝の祈りとミサ、六時までは掃除、九時の朝食までは、学科の復習やラテン語の単語の暗記にあてられた。十七時の夕食までは、日本語とラテン語の学習。食後も自由時間のほかはラテン語の学習であった。

学習は、もっぱら語学に集中していた。歴史、地理、倫理などはラテン語と日本語の学習の合間に教えられる程度しか教えられなかった。正しく話せる者は人格者である、がセミナリオの中心思想であった。

幸いなことにわれわれはラテン語が好きで巧みであった。まずラテン語はセミナリオの教授をしている神父や修道士たちの会話言語であった。この言語のおかげで、エスパニア、ポルトガル、イタリア、フランスと違った言語の国々から来た宣教師同士が意思を通じあうことができたのである。そしてまだ日本語を操れない外国人教師が授業の時に使う言語でもあった。

神父や修道士たちが、日常、自由自在にラテン語で話している内容が聴き取れるようになってからは、自分でも努めて彼らにラテン語で話しかけてみるようにしたので、会話の上達も早かった。

セミナリオの思い出から、ラテン語の授業が思い出され、それは聖書の描くエルサレムでの出来事へ、主イエスの説教へ、さらには主の受難と死と復活へとつながっていく。主イエスはローマに占領されたイスラエル国に生まれ、主のすべての教えは首都エルサレムとその近郊で為された。

今、イスラエルはイスラムの国、オスマン・トルコ帝国の領土になっている。エウロパからは何回か十字軍が、イエス受難の聖地を奪回しようとエルサレムを占領したものの、この占領は長続きせず、すぐにオスマン・トルコ軍によって略取されるのであった。しかしわれは、ともかくエルサレムの聖地を見たいと切実に思う。イエスの受難を肌で感じたい。また、ラテン語の国ローマに行って、このキリシタンの教えの真髄を深く学んでみたい。キリシタン迫害と故国追放とは、われには聖地をはじめラテン語の国を訪れるまたとない機会を与えてくれたイエスの贈り物と思える。

船は快調に西北に向かって走っている。つまり聖地エルサレムと大都ローマに、わずかだが近づきつつある。魂を揺るがす喜びにも包まれて、われは快い夢の世界に入って行けそうだったが、その夜はいつもと違った。十字架の刑で命を奪われたイエス・キリスト、元娼婦であったが、深くキリストに帰依していたマグダラのマリアが発見した遺体のない空虚な墓、三日のうちに復活して弟子たちに姿を現したイエス、そして天に昇って聖霊で合図してくる主イエス。この神秘の土地を訪れようと決心したわれ、巡礼の旅をしているわが姿の想像。そういう未来の出来事が軽やかな夢として続いていたのが、目覚めると重々しい現実として、動きのとれぬ鉄板に巻かれたように迫ってくる。ああ夜の、月と星の軽やかで美しいことよ。これに反して海上に浮く船上に置かれ、重苦しく移動していくわが肉体よ。

一六一四年二月一日に発布された徳川幕府のキリシタン禁教宣告文の写しを読んでみて、残酷で無慈悲で驚いた、キリシタンを死にあたいする罪悪とみなすとは。豊臣秀吉のおこなった伴天連追放令の禁令と虐殺が、一権力者の気まぐれと癇癪《かんしゃく》であったのと違い、徳川幕府の禁教宣告は幕府の政策として、つまり重大な法令違反として、組織立って行われていた。しかも幕府が続くかぎり、百年でも二百年でも、禁令は守られ、違反者は拷問の上殺傷される気配なのだ。

エルサレムに行き、さらにローマで、神父になる望みを持っていたが、それから先、どうするかは自分では分らぬ。まだ修行の足らぬ者には、イエス・キリストのように、人を救うために自分の命を捧げたいとまでは、決心出来ぬ。おのれの弱さを恥じる。おのれを捨てる決心までは、今のわれには出来ぬ。嗚呼、信仰浅き者よ。そう自己評価するのが今のところ、精一杯にできること。われは星月夜の星のすべてに祈る。われの望みに応じたように流れ星がひとつ、続いてふたつ、輝いて消えた。それを見ると、われの願いはほんの少し聞き届けられたかと思う。けっして安堵ではなく、疲労のあげく、眠りにつく。

晴れた日々が続いて帆を一杯に膨らませたナウ船は滑らかに進む。が、不意に風がやんでしまい、海のど真ん中に止まって、数日経ってやっと動き出す。帆はしぼみ、水平線が高い壁のように行く手に長い堤を作る。

と思うと、北から雨もやいの強風が吹いてきて、せっかく稼いだ旅路を無駄にするように、フィリピンの方向に呼び戻し始める。連日雨の日が続く。雨期だ。日本でいうさみだれの季節である。

帆船の旅は、ある程度は季節風によって、帆の巧みな操りで進むことが出来るのだが、風の吹く方角によっては、静止と逆行で、まるで海にもてあそばれるように同じ波の上を上下にただようだけのことも多い。

風よ吹け。主よ、マカオの方向に船を向かわせよと年長の神父が大声で祈り、神父たち、修道士たち、同宿のものたちが、ここを先途と大声で祈りの合唱を始めた。すると船に反応があって、少し風に押されるような気がした。船の動きを祝福するように、イルカの大群が現れて大船を追い抜いていく。彼らは、われらを励ますように、いやむしろ、祝福するように、踊っている。えいやと、大波を飛び越して泳ぐ。つぎつぎに、青黒い体をくねらせ、飛び跳ね、歓喜の大行進を見せてくれる。年長の神父が、力一杯に御父デウスに感謝すると、一同もその声に和した。霧雨から大波が立ち上がりつぎつぎに船の背を押す。風は勢いを増し、高波はこの現代きっての大船を木の葉さながらに嘲弄する。巨大な悪魔《デモーニヨ》が襲ってきたのだ。さっきのイルカたちは、奴の餌食にならんように必死に逃げていたらしい。船長の命令で水夫たちは必死にすべての帆を下ろす。そのままにしていると、三本の帆柱は強風にへし折られる。船尾の十字架を描いた旗と船首の小帆一枚だけが残される。風はぴたりと、船首をマカオの方向に向けて船を走らせている。われは宣教師たちと声をそろえて祈りつつ、船長の命令で舵手の手伝いをした。

翌朝、不意に石造りの町が目の前に展開した。マカオである。一六一五年の夏、マニラを出発以来、およそ一月の長旅が終わったのであった。マニラとマカオの直線距離は、二一〇レグア（一、〇五〇キロメートル）である。そう、まっすぐに航海できれば、もっとはやく到達できる距離である。雨、無風、嵐と、次々に難儀が襲いかかり、ナウのような大船でも、これだけの時間がかかるとは誰も予想していなかった。

3　マカオの試練

マニラからの便船がシナ本土南端の都市、マカオに到着したのは、一六一五年の真夏である。

マカオの埠頭を荷物を担ぎながら、周囲を珍しげに見回しつつ歩く。すでに昨年末に幕府に追放された三隻のジャンクが到着しており、すべてを数えると、日本より追放された二十三人の神父と十五人の伝道師と四十一名の同宿がこのマカオにひしめいているはず。同宿のなかには、二十八人の神学生が含まれているであろう。そのように思い廻らしているうちに、いきなり汗が噴き出してきて面くらった。ずっと南方のマニラよりも激しい暑熱の攻撃である。

マカオの夏は異常に暑く、それに雨期の湿気が残っていて、蒸し蒸しして息が詰まる。大小の多くの聖堂、イエズス会、フランシスコ会、サレジオ会などの事務所。それらの会派に附属する修道院、神父、修道士、神学生、同宿、小者。イエズス会経営のセミナリオやコレジオ、それに寄宿舎や巡礼宿。幕府の追放によって、一度にどっと流れこんだ日本人の集団は、招かれざる客として、狭い建物に押し込められ、異常な蒸し暑さのせいで病人が増えて苦しんでいた。

マカオは珠江の河口に大陸から突き出した半島と半島のそばの二つの島から成り立っている。半島は港町で、波止場からは、エウロパ風の石畳の道が四通八達していた。中心部を聖堂や各修道会の石造りの建物が占領し、それに負けじと交易商の事務所や住宅が威勢を競ってひしめく。港の端に並ぶ古びた木造の家々は土着のシナ人たちの貧民街である。彼らの信仰は仏教か道教で、キリシタン嫌い、とくに同じ東洋人である日本人たちが、キリシタンであることを軽蔑している。彼らが海辺の町に集まっているのは、船の積み荷を運ぶ人夫としての需要に応じるためである。

石畳の坂道を登っていくと峠のあたり、たかだかとした教会が聳え立つ。しかし、正面の石造りの入り口をくぐるや、そこに火災で燃えた木造の部分が現れた。なんと、石造部分は焼け残った残骸に過ぎなかった。案内をしてくれたポルトガル人修道士は、これはマードレ・デ・デウス教会と呼ばれ、見晴しのいいために、大勢の信徒に人気のある教会だったので、あの火事は残念な災難であったと大きな吐息をしてみせた。この焼失教会の隣にコレジオがある。小さな建物で、三十人から三十五人の収容しかできず、これにくらべれば有馬のほうが余程大きく立派であった。追放されてきた日本人同宿は、狭い部屋に大勢が押し込められて、身動きできぬような生活を強制されていた。そこで、貿易商が立ち退いた数軒に仮住まいをさせたのだが、そこでは正式の授業はおこなわれず、初心者むきの『カテキズム』（教理問答書）や初歩的ラテン語の授業が行われているに過ぎない。すでに長い間の宣教の経験を持ち、ラテン語を自由に読めかつ話せるわれにとっては、あまりにも幼稚で退屈な授業であった。大勢の同宿は、経験も学問も人によってさまざまであったのに、悪平等の生活を強いられ、憤懣の度が激しく燃えていた。

そんな境遇に加えて、イエズス会を解雇され日本に放逐される同宿が増えてきた。マカオの管区長カルヴァリョや巡察師ヴィエイラは日本人を排除することに熱心で、マカオにまえから滞在していた者を優先して哲学課程で勉強させたのに、故国より追放されたばかりの疲れ果てた日本人を嫌って、キリシタン禁制の危険な日本に帰らせるという時代錯誤の方針を取った。この差別は追放された同宿には大変な痛苦であったし、日本に滞在した経験があり、日本のキリシタン事情をよく知る神父や修道士たちを失望もさせた。同宿のなかには、マカオを見限って、インドのゴアに渡り、エウロパを目指そうとする者も現れた。

こういう混乱と軋轢のなかで、クリスマスや復活祭は、不平家の目をくらますためかこれ見よがしに派手な祭りになった。一六一六年の復活祭には、エウロパ式の聖体行列が派手に練り歩いた。シナ風の爆竹で開幕した行列は、日本より追放されたセミナリオの同宿全員が白い法衣を着て先発し、その後ろに祭服の修道士たちが、最後尾には神父五十人が灌水式用の衣装に各自が蠟燭を持ち、きらびやかな一団となって進んだ。しかし、このお祭りで高揚した気分をうちのめすかのように、同宿のイエズス会からの解雇、日本への追放が行われた。今や管区長と巡察師の共謀だと知った同宿たちは、反乱でも起しそうに殺気立ってきた。

日本人たちの不満を和らげようと思ったのか、上長たちは、今まで自分たちが教え導いてきた者を数人、神父に叙階した。しかし、われら新参の日本人は、まったく除外されていたので、かえって差別された不満が膨らんだ。

こういうさなか、われは、同宿のミゲル・ミノエスと小西マンショと親しく付き合うようになった。この三人組が同じ目的、すなわちインドのゴアへ行き、さらにエウロパを目指して旅を続けるつもりだと知った管区長と巡察師が、あからさまに嘲笑してくるとわれらは気付いた。

ある日、われらは巡察師ヴィエイラを訪ねた。パードレは多忙により面会謝絶中だとわれらを阻止した門番を押し切って、奥の巡察師室の扉を叩いたのである。予約も無しに強引に押し入ってきたわれらに巡察師は額の縦皺もあらわな不機嫌顔を向けてきた。代表としてわれが発言した。

「パードレ様、わたしたちは反抗するために参ったのではございません。正直に申しまして、ここマカオでは同宿の数が多すぎ、落ち着いて勉強ができませんので、お願いにまいったのです。われら三人はインドのゴアの聖パウロ学院にて勉強いたしたく、その御許可をいただきたいと、こうして罷り出ました」

「それはならぬ。あの学院は東洋各国の若者を入学させ、学成りしうえは各自の故国にもどし、宣教の実を上げさせるためにある。そなたたちは、もはや宣教しうる故国を持たぬではないか。故国に帰れば迫害に遭うのみでは勉強などしても無駄ごとである」

「勉強が無駄ごととは思いませぬ。われらは信仰を抱くものの、迫害に耐えるだけの修練をまだ積んではおりませぬ。修練を積み、神学を学び、できれば司祭になってから故国に帰り、司牧の実を上げたいと思っておるのです。ゴアの次にローマに行き、勉強と修練とを積み、不動の信仰を持ち、神の召し出しを受けて、司祭になりたいのです。どうかわたしたちの、真面目で一生懸命の願いをお聞き入れくださいませ」

「ローマで勉強してどうするのだ」とヴィエイラは高い鼻先を威嚇するように突き出して笑った。「お前たちのように、少しばかりラテン語ができるだけでは、神父にはなれぬ。長上の命令に服する事も出来ぬ者がローマに行ったところで、従順を旨とするイエズス会で、神父への叙階など許されるはずはない。ここで下働きの雑用をするか、教えを捨てて日本に帰るか、その二つの道しかお前たちには残されておらんのだ」

三人組は、日本人を人と思わぬヴィエイラの傲然とした表情を睨みつけていたが、やがてミゲルと小西は挨拶もせずに去っていった。

背は高いがやわな骨格の巡察師の前へ、背は低いが怒り肩のわれが鼠を狙う猫さながら、じりじりと近づくと、巡察師は一歩二歩と後退し、壁におしつぶされる形になった。その顔には、刀をかざす日本の武士に迫られたときのような恐怖の表情が浮かび出た。われは、相手の顔に自分の息がかかるほどに近づくと、研ぎ澄まされた日本刀のように、歯切れのいいラテン語で此処を先途と迫った。

「われらはここへ雑用をするためでも、教えを捨てて日本に帰るためでもなく、徳川幕府によって追放されてきたのです。神学を学び、ラテン語を学び、ローマに行って、さらに深くイエス・キリストの神学を学び、信徒のために働くために、ここにいるのです。あなたは私どもが司祭になって日本に帰り、人々に尊敬される望みを持つといわれましたが、そのような望みはございません。日本では宣教師と見破られれば直ちに逮捕され、ひどい拷問のうえ、殺されます。あなたは日本の事情をご存知ないので、私どもを誤解されているのです。

あちらで起こっているキリシタンの迫害を、どうか大村で長い間布教をなさっていたアフォンソ・ルセナ神父様に詳しくお聞きください。ルセナ神父様は一五七八年来日して、以後一六一四年十月まで、三十六年間もの長い間、大村で宣教に従事されたあと、幕府のキリシタン追放令でマカオに追放された方で、日本におけるキリシタン迫害を知り尽くしておられます。そしてわれわれは大村に行くたびに、神父様を訪問し親しいお付き合いをしてまいりました」

しかし、同宿という身分の低い男からたしなめられて、自尊心を傷つけられた巡察師ヴィエイラは不機嫌そのもので、奥の別室に引っ込んでしまった。

路上に出るとミゲルと小西が近寄ってきた。三人は別室の巡察師を遠く見ながら顔を見合わせた。窓から見える彼はなにやら書きものをしていたが、おそらくは、ローマへ送る報告書、日本人の同宿の悪口でも書いているのだろうとミゲル・ミノエスが眉をひそめた。彼は生真面目な勉強家で、ラテン語のほかポルトガル語を流暢に話す。小西マンショは人見知りのしない胆力と物事を茶化してしまう剽軽《ひょうきん》さがあり、ヴィエイラの威張った口調を真似て、われわれとミゲルを笑わせた。

さて、その日の夕方、われは一人で思い立ち、かつて天正遣欧使節の一人であった原マルチノ神父をイエズス会の印刷所に訪ねた。

天正の遣欧使節と比べれば、われらの境遇はまるで天と地の差だ。あちらは大名のお墨つきだが、われらは一文無しだ。一五八二年にイエズス会巡察師であったヴァリニァーノ神父が、大友、有馬、大村のキリシタン大名の名代として、四人の少年使節をエウロパに連れていき、日本という国には優れたキリスト教徒がいる事実をエウロパの国ぐにに知らせ、宣教の援助を得ようとした。

大友宗麟の代理として、伊東マンショ、有馬晴信と大村純忠の代理としては千々石《ちぢわ》ミゲルが選ばれ、さらに副使として原マルチノ、中浦ジュリアンが加わった。四人の少年遣欧使節は船でアフリカの喜望峰を回って、二年六ヵ月後にエウロパに着き、ポルトガルのリスボンに上陸し、内陸の有名なエヴォラ大学で大歓迎を受けた。マドリードでフェリーペ二世に謁見、ローマで、教皇グレゴリュウスに謁見、そのあと教皇は急死したが、新教皇シクストゥス五世にも謁見した。彼らが日本に帰ったのは、一五九〇年、今を去る二十七年も前の出来事であった。

印刷所に近づくと、長崎の印刷所でもお馴染みであったインクの匂いが流れてきて、懐かしかった。そう、このマカオでも、原神父はグーテンベルク印刷機でイエズス会の会報や新報の印刷に精出していたのだ。われは先ほどの巡察師ヴィエイラとの遣り取りを報告した。

「あの方は日本のキリシタン迫害がどんなに苛烈を極めているのかご存知ない。そして現在、われら日本の同宿たちの窮状に愛をもって答えないのです」

原マルチノ神父は四十六歳、物静かな人で、いきり立つわれを慰めるようにうなずいた。

「ところで、原神父様とご一緒に天正の遣欧使節としてヨーロッパに行かれた方々は、今どうしておられますか」

「人さまざまだな。伊東マンショは、一六一二年十一月に惜しくも病死した。彼は大人物で、われら天正少年遣欧使節の首席としての功績は大きい。彼が教皇様の前でも、臆せず日本の武家政治の有様を、なめらかなラテン語で話してくれたので、われわれの一行はどこへ行っても歓迎されて、日本の事情を相手に伝えることが出来た。

千々石ミゲルは、体が弱くて、よく病気にかかっていた。トレドで疱瘡《ほうそう》にかかったときは命をあやぶまれたものだった。気も弱くて、帰国後は棄教して妻をめとり、その棄教を嫌われて、命を狙われ、従兄弟の有馬晴信の所に身を隠したところ元キリシタンとしてさらに嫌われ、襲われて瀕死の重傷をおわされ、有馬領から放逐されたが、この先なにをするかの目的もなく、ただ乞食《こつじき》の流浪の旅をしていて、気の毒だった。現在どこで何をしているかわからない。

われら四人のうちキリシタンとしてもっとも優れているのが中浦ジュリアンだ。彼は今度の追放船に乗らず、島原、天草、肥後に潜伏して司牧している。彼の信仰は小揺るぎもしない。えらいやつだよ」

われは、自分の考えている旅について話してみた。インドのゴアまでは郵船で行きたい。それから先の道筋は、どうしたらいいか。ペルシャにたどり着いたら、シリアの砂漠を歩いてエルサレムまで行きたいと告げると原マルチノ神父は大きな溜め息をついた。

「エルサレムに入るのは難しかろう。イスラエル全土はオスマン・トルコ帝国の統治下にあるのだから」

「それは心得ております。しかし、長崎で知り合ったフランシスコ会の神父に、エルサレムにはフランシスコ会の巡礼宿があり、キリシタンであれば、安く泊まれると教えていただきました。私はその情報を信じてあの聖なる都に行ってみたく思います。主イエス・キリストの受難の道を巡礼してみたいのです」

「あなたの志は、壮大で純粋で強固なものだと信じる。しかし、その実現には幾多の困難と危険とを覚悟しなくてはならんですぞ」

「私は困難と危険を恐れません。それよりも、困難と危険を恐れて、信仰をまっとうできなくなるのが怖いのです。そして、私のような微力な者でも主イエス様の愛に満ちた苦しみを少しでも追体験できれば嬉しいのです」

「それほどの覚悟をお持ちならば、エルサレム巡礼をなさい」と原神父は言い、いたわるような面持ちで握手をしてくれた。

神父の印刷所を出たとき、われは、自分のことだけを吹聴して、ミゲルと小西の事は何も言わなかったと気づき、いたく反省した。

われら三人は、マカオからインドのゴアまで旅費をどのようにして工面するかの相談に顔を突き合わした。われらのうち、最年長者はわれで一五八七年生まれ、つぎがミゲル・ミノエスで一五九一年の生まれ、最年少は小西マンショで一六〇〇年生まれであった。年齢・経験そして性格から言っても、われは三人組の長老格で、その意見が重んじられた。

われらのゴア行きをさまたげようとする巡察師と管区長とは別な考えを持っている人物に、まずアフォンソ・ルセナ神父がいた。長い年月を大村で布教に従事した人だ。

つぎに、フランシスコ・ピレス神父がいた。有馬セミナリオの副院長で、さらに長崎のセミナリオでも一六一四年の強制廃止まで副院長と院長顧問として勤めた人だ。

さらに、ヴィセンテ・リベイロ神父がいた。長崎のコレジオで説教師兼聴罪師を務めた人だ。

われらは、ルセナ、ピレス、リベイロ三神父を訪ねてわれらの渡航費集めに助力を請うた。彼らの快い承諾を得たうえで、原神父を訪ねて、渡航費集めの中心人物になってもらった。

これら四神父は、信徒の交易商からわれらの旅費のための献金を集めてくれた。彼らはかねがね雲の上で威張っている管区長や巡察師を嫌っていたので、この反発が献金への推進力となった。または、日本における信者や宣教師の苦難の生活や、残忍な禁教令の実態を知っていて、われら三人のゴア行きの決心を、その熱意を認めてくれ、さらに知人の貿易商や金持ちや船長たちから、献金をつのってくれた。こうしてかなりの額の援助金が集まったのである。

しかしその後も、巡察師ヴィエイラがゴアやマラッカの視察からマカオに帰って来るたびに、日本人との間に確執がおこった。

われらは自分たちに供与された寄付金を割いて、同胞たちを救助していった。給料をもらえず、食事にも事欠いて、物ごいをしている同宿たちに、日本に帰る船賃を与えたり、マカオで勉強を続ける資金を贈ったりした。

三人組がマカオを発ってゴア行きのナウ便船に乗れたのは、一六一六年の十月ごろであった。

一月後、船はまずマラッカに着いた。シナの南海岸近くを帆走する一五〇〇レグア（七、五〇〇キロ）の旅であった。

マカオからマラッカに来てみると、海辺にそそり立つ城壁は高く、その背後の丘の上に堅固な城が建っていて、沢山の銃眼がうがたれ、一定の間隔に大砲が砲台上に備えられ、街そのものが戦闘用の金城鉄壁になっていた。この城の外は、イスラムの国々に属する砦が作られていて、彼らは隙さえあればマラッカを攻め取り、自分たちのものにしようと戦闘の準備を怠らなかった。

事実、イスラム軍の攻撃は何回も執拗に行われて、ポルトガル人の戦死者はおびただしい数になっていた。貿易商人たちは自分たちの船を武装して、絶えず警戒を怠らなかった。

昔、この地を開いたフランシスコ・ザビエルは、マラッカは宣教の地としては不適当であると思い、此処から去ってマカオへ行き、さらにマカオを去ってシナや日本への宣教を目指すべきだと考えていた。

しかし、マラッカは国際的な貿易港として栄えている面もあって、シナ、琉球、シャム、モルッカ諸島の商人たち、つまり非イスラムの国々にとっては、ポルトガルの軍隊に守られた、安全な貿易都市になっていた。各国の船が出入りして、さかんな取引がおこなわれて、ポルトガル人はマラッカを「黄金半島の華として光輝く都市」と呼んでいた。

マラッカからさらに二〇〇〇レグア（一〇、〇〇〇キロ）の所にゴアがあった。ナウ船は一六一七年一月にはマラッカを出港し、五月にはやっとゴアに着くことができた。まさしく遠路はるばるの航海であった。

ゴアとはインド洋を見渡す海岸にある町、と想像していたが、船はマンダーヴィという大河をかなり奥地まで航海してやっとゴアの港に到着するのだった。

椰子の森を登っていくと、威厳のある大きな副王門をくぐって、さらに慈善会館の前の広場に出た。会館の建物が大きく、それに並ぶ民家は同じ作りの二階屋で、三方からミゼリコルディア広場を几帳面に限っていた。

祭りでもあるのか、人びとが鉦《かね》と笛で楽曲をかなで、男女が抱き合うようにして踊っている。真夏の暑さで、人びとは薄布を着て、肌が透けて見える。日本の三人の若者が着物に袴の正装で歩きだすと、人びとは一刻、音楽と踊りをやめて、こちらを珍しそうに見た。こちらも歩みを止めて人びとを見返した。

マカオでもマラッカでも、異人の尼僧以外の女性は少なかったので、此処の彼女たちの裸に近い衣装が珍しくて、とっくりと見た。小西マンショが他の二人におどけ顔を向けた。

「この人たちと仲良しになるため、挨拶をいたしましょう。腰を低くして、ポルトガル語で挨拶いたすのです。われらは東の果て、ジャパウン国より、はるばる渡り来たジャポネースでござる。仲よくいたしたい、とこう申すのです」

ミゲルと小西が、同時に頭をさげ、ポルトガル語で大声で挨拶し、われは反応鈍く、立ちつくしていた。ポルトガル人たちは、奇妙な風体で、流暢なポルトガル語を話す若者たちに挨拶を返してきた。鉦と笛との伴奏で一同は踊りだす。

「岐部殿、踊りましょう」と小西に誘われたわれは一応頷いたが、女と一緒に踊るのを恥じて動かなかった。われは派手やかな行為が苦手である。そこに、かなり高齢の白髪の神父が現れた。皺の多い顔はいつも笑っているように見える。いや、本当に笑っているので、声がよく通った。

「お前たちはシネース（シナ人）か」と尋ねた。ポルトガル語であった。われが、ポルトガル語で答えた。

「われわれはシナ人ではありません。さっき、若者が自己紹介したようにジャポネースです」

続いてわれはラテン語で言った。

「われらの望みはローマに行き、司祭になるための勉強と修行をすることです。まずはラテン語をもっと勉強し、神学を学ぶつもりです」

「おお、ジャポネースか。思い出したぞ、お前たちの服装はキモノというのであろうが。このキモノ、三十年ほど前かな、わが若かりし日にジャパウンより渡来した少年使節が着ておったのを思い出した。彼ら、ジャポネースも、ラテン語を自在に話しおったわ。懐かしいのう」

「日本にはセミナリオもコレジオもあります。われらはセミナリオで、子供のときからラテン語とポルトガル語を学びました」

「それでラテン語とポルトガル語を話すのか。見事であるぞ。驚いたであるぞよ」

「ところが今、日本ではキリシタンへの迫害がおこり、私たちは、マカオに追放されました。しかし、日本人の勉強も修行も、マカオでは管区長にも巡察師にも禁止されて、多くのキリシタンが日本に帰国する命令を受けて四散させられています」

「それはひどい」と白髪の神父は言った。年老いて世事にうといようだ。が、後輩の管区長や巡察師を、はっきりとした態度で論難した。

ミゲルがラテン語で続けた。

「われわれ三人はローマに行く決心をして、マカオを逃げ出したのです」

「逃げ出した？　面白い！」

白髪神父は人々に祭りの音楽と踊りをつづけるように調子ぱずれに叫ぶと、丘の上の聖パウロ学院にわれら三人を案内した。道々、彼は懐かしげに、そして得意げに語った。

「この学院で最初に勉強した日本人は、フランシスコ・ザビエル神父の通訳をしたアンジロウで、前世紀半ばに在学したと聞いている。三十年前には、四少年遣欧使節たちがヴァリニャーノ神父に引きつれられて滞在したこともあった。われは彼らを聖パウロ学院に泊める世話係であったのじゃ。ああ、昔のことなのによく覚えている」

学院に着くと白髪神父はわれら三人をベッドを並べた宿泊室に案内した。インド人の雑役係に命じて、薄い毛布と、虫よけの帽子を用意させた。この帽子は薄い麻布で作られ顔を覆い虫よけとなるとの説明であった。われらは庭の池の水で体の汗を拭った。夕方、白髪神父がまた現れ、学院の食堂で生徒たちと食事をと誘ってくれた。年老いた神父たちが十人ぐらい集まって食卓を囲んでいる所にわれらは案内された。日本人だと自己紹介すると、珍しい人種が現れたと喜ばれた。

みんなの会話はポルトガル語で進められた。例の白髪神父がすっかり親しくなった態度で気楽に話しかけてくる。自分たちは元学院の教師をしたが年を取ってここで養ってもらっているという。われが尋ねた。

「ここには、年取った人のためのオスピーシォ（養老院）はないのですか」

「あるよ。しかし、あそこは静かだが、退屈でね。そりゃ、学院で子供たちと話しているほうが楽しいからのう、オスピーショには行かんのじゃ」と神父は笑った。「ところで君たちは、ここでどうするのじゃ」

「われらはローマに行きたいのですが、次の便船はいつ出るのでしょうか」とミゲルが尋ねた。

「六月の雨期がはじまったらすぐ出る。南風が吹くでの。西に向かって航海するには格好の横風じゃ」

「西に向かう船、それに乗りたいのです」とミゲルは上体を前に乗りだした。

「が、秋になると西風が吹いて、船は逆方向、東のマラッカ方面に流されるでな」

「ああ大変だ。私たちは、雨季になったら其の便船に乗ります」と小西も、焦った調子で汗をかきながら言った。

われは、老神父たちと二人の友の会話を半分ほど聴きながら、まったく別なことを考えていた。

何度も君たちに話したように、われはエルサレムに巡礼をしたいと考えている。一人旅は心細いが、何としてでも、われはイエスの数々の不思議がおこった土地を見たいのだ。力んだわれが、低くうなると、ミゲルがわれに頷いてくれた。われも頷き返した。

翌日からわれら三人は、学院の生徒たちと早朝ミサにあずかり、朝食後は図書館で読書し、昼食後は町を観光することにした。

ゴアは、ポルトガルが東洋の国々と貿易や宣教をするための最大の基地であった。つまりポルトガルが総力を挙げて作った町で、ポルトガル国王の副王が治め、宣教師の総大将として大司教が駐在していた。東洋の多くの国と交易している商人たちが、ここに群れ集っていた。中央広場には、朝と夕、賑々しい露店市場が出来て、大勢の売り子と客人でごったがえしていた。

ゴアはマンダーヴィ河の岸辺にある。この大河は冬が終わると底に堆積していた砂がすべて海に流れ込むので、河は大きな船も碇泊できるだけの水深を保っていた。

港の名前は副王港で、波止場から上陸して副王門をくぐった先の小高い丘の上に聖パウロ学院があった。マカオで原マルチノ神父から、この学院での生活や勉強の様子を詳しく聞いていたわれは、すでに自分がここで学んでいた母校のような懐かしみを覚えるのであった。

広場を通り抜けると、そこは沢山の聖堂と宗派を異にするいくつかの修道院が建ち並んでいた。大聖堂《カテドラル》の前には小型だけれども、形の整った、しかも飾り石を念入りに積み上げて造ったボン・ジェズス教会があり、日本に初めてキリスト教を伝道したザビエル神父の遺体が保存されていた。三人は、その教会を訪れて、ザビエルの来日布教への感謝の祈りを捧げた。そう、それは一五四九年八月十五日のことで、ジャンクに乗ったザビエルの一行は嵐の危険をおかして鹿児島に辿り着いたのだ。今を去る六十八年前の出来事であった。

ミゲルと小西が、ナウ船でリスボンに行くという志を持っていると知ると、金銭的援助を申し出る貴族や交易商や旅館経営者などがつぎつぎに現れて船賃の援助を申し出てくれた。ここは、マカオとはまるで違った大都会で、富有な交易商も数多かったうえ、仲を取り持ってくれた白髪神父はゴアの有名人であったために、募金は短日時で成功したのであった。

雨季が始まって南風が吹き出すと、二人の乗るナウ大帆船が出発することになった。明日は船出の夜、三人は最後の晩餐をして、自分たちの未来のために祈った。

「前に岐部殿は、ゴアから海岸沿いの街道を歩いて行き、駱駝《らくだ》の隊商を探して雇ってもらうと言っておられたが、今でもそうする気でいますか」とミゲルが尋ねた。

「いろいろ考えたが、このゴアから陸地伝いに歩くことはやめる。と言うのは、内陸にはいれば山路が公道となっていて、駱駝の隊商が往来している。しかし、隊商に雇ってもらうには、行動の出発点、つまり駱駝曳きを雇う要所ならともかく、ゴアから行くと、隊商たちの移動中に出会うことになる。それでは、なかなか雇ってはもらえないだろう。公道ではなく海岸を歩けばとも考えたが、大小の橋のない河が行くてを遮っているので西への移動は不可能だ。そこでわれはグジャラート人の船に乗り、水夫として働きながらアラビア海を西に向かって航海し、ホルムズ島の海峡から、ペルシャ湾に入り、ウブッラ（現在のアバダン）に上陸して、二、三千頭以上の駱駝を所有している大きな隊商に雇われて旅を続ける気だ」

われの計画を聞いて、ミゲルも小西も賛成してくれた。われが帆船の操縦術に詳しいことはよく知っていた。

一六一八年の六月、ミゲルと小西はゴアからリスボン行きの定期便の大船ナウに乗りこみ、西方に遠ざかっていった。われは聖パウロ学院の高台から海を見下ろし見送った。船は熱帯地方の激しい雨にかすんでいき、やがて見えなくなった。

雨が小降りになると、ナウ船の玩具のような姿がふたたび見えてきた。いとも滑らかに西の方向へ、インド洋へと走って行った。やがて、その姿は消えた。

二人を見送り、心さびしくもあったが、あきらめもあった。二人をエルサレム巡礼をしようと何度か誘ったのだが、同意してもらえなかった。ミゲルは自分は虚弱な体質で、風邪や下痢を起しやすく、砂漠を徒歩の旅をするのは無理だと自己診断していた。小西は動物を飼った経験がなく、馬にも乗れぬ自分が駱駝曳きを務めるのは無理だと言い張った。それに二人には、エルサレム巡礼という冒険がわれほど渇望の的ではなかったという理由があった。幼い時から、嵐の海に小船の櫓を漕ぐのを楽しみ、闇夜の海を勘で漕ぐ冒険をしてきたわれは、危険を楽しむという奇癖があるようだ。父ロマノ岐部が、馬を巧みに乗り回していたので、われは父の導きで乗馬の術にも長けていた。そして山野を歩いたり走ったりの運動も大好きであり、旅するのも、野宿するのも楽しみとしていた。つまりわれには、おのれの体を使って移動するのを楽しむ性癖があるようだ。

オスマン・トルコという大帝国は、広大な地域の、多くの国々を征服したが、被征服者の宗教、とくにユダヤ教徒とキリスト教徒には尊敬の念を示していた。コーランにおいては旧約聖書を聖典とするユダヤ教徒と新約聖書を聖典とするキリスト教徒とを「聖典の民」として、イスラムの神アラーの系統に組み入れている。このあたりの知識は例の白髪神父がイスラムのアラブ語の経典をあれこれ読んでいて、われに教えてくれた。この状況は、仏教徒がキリシタンに抱く邪教徒の感覚とはずいぶん違う、日本における極端な迫害はオスマン・トルコではありえないとも彼はわれを慰めてくれた。

彼はまた、アルメニア、エジプト、シリア、などの東方諸教会をオスマン・トルコ帝国が認めて保護している、それは教理のためではなく、これらの教会から税金をもらうためだとも教えてくれた。

そこでわれは考えた、オスマン・トルコ人が編成している、なるべくおおきな隊商に雇われるよう、雇い主を探すことにしようと。さいわいゴアの町はずれには、羊の牧場があり、その横に駱駝曳きを養成する学校があった。西方のインド人、とくにグジャラート人は、ゴアで隊商の駱駝曳きになるための訓練をして、船でポルトガル領のホルムズ島に行き、さらに、ペルシャ湾沿いの砂漠の町ウブッラに行って、隊商の駱駝曳きとして働くのだった。

雨期が過ぎ、十一月から二月末までの乾季には風はペルシャ湾方向にむかって吹くので、その方面にあるポルトガル領ホルムズ要塞で勤務する水兵たちや、ウブッラからキャラバアンで重い荷物をイスタンブールまで駱駝ではこばせるポルトガル人が、きそってグジャラート・ジャンクの便船を利用していた。

まず、駱駝曳きの技術を習うことにした。この動物は砂漠に生息するために、胃には水を蓄える多数の小室があり、筋肉の作用で水漏れを避けることができる。三日間は水を飲まなくても平気なだけの水を保存する能力がある。長いまつ毛が、二列もあり、砂埃を目にいれない機能を持ち、砂嵐にも耐えられる。草食だが、柔らかい草だけでなく固い木の枝をかみ砕くだけの歯を備えている。数日間、食物をとらなくても労働に耐えるだけの養分を背中の二つのコブに蓄えている。このコブは、砂漠の旅で養分を消費すると次第に小さくなり、最後には消えてしまう。コブは、脂肪分を水に変える能力もあり、栄養分よりも水のほうが生きるために必要だと教え諭すかのようだ。まこと、砂漠に生きるためにデウスから贈られたケモノなのだ。駱駝学校の調教師は、人が長いあいだ、おそらくは数千年にわたって飼いならしたケモノだと話した。

フタコブ駱駝のほうが、ヒトコブより四肢が頑丈で、毛は長くて体を包んで不時の防備もできるので、さかんに飼われるようになったという。要するにヒトコブとフタコブの生育地の分布は人為的なもので、国や地方によって、人間の好みが違うだけの差異である。

馬と駱駝の乗り心地は全く違う。馬は滑らかな曲線を描くように進むが、駱駝は上下にガタピシと角ばってすすみ、初めて乗ったときには、その不作法な動きにびっくりしたものだ。馬は固い鞍に跨れば安楽に旅を続けられるが、駱駝は柔らかな蒲団に包まれなければ長旅に耐えられない。もっとも、よく訓練された駱駝は馬よりもはるかに重い荷物を運べるし、隊商のように多数の駱駝を少数の駱駝曳きが引きつれて多量の荷物を運ぶことができる。

駱駝曳きの術に習熟すると、つぎの目標はグジャラート人に水夫として雇ってもらうことだ。水夫になりたがる者は多く、ごく少数の者のみが雇われると分った。そこでわれは吹聴した、日本では水軍の操舵手であったと。折から、すぐれた技能を持つ水夫の欠員に困っていた船主は、われの技量をたしかめる機会を作ってくれた。

船主が個人用にしている小さな帆船に乗り、風の向きによって操舵法と帆の方角を変える術の、熟練度を試された。順風、逆風、横風での試験があった。試験に合格、そしてわれは水夫として採用された。

　残り僅かな持ち金で旅装をととのえる。広場の露店市で、清潔な水夫服、下着、水牛角の水筒、小型の日録、数十枚の地図などを入手した。

　一六一九年の初頭、われは、グジャラート人のジャンクに操舵夫として雇われ、ゴアを出港した。乾季の北風は帆を巧みにふくらましてくれ、西へ向かうには格好の季節であった。

　われがグジャラートの船に乗って見て感心したのは、マラッカあたりでお馴染みになったシナのジャンクとの差異である。シナのように木材を釘で打ちつけて船を組み立てるのではなくて、「縫合船」とでもいうのか、チーク材やココ椰子材で、舷側板をつくり、それを椰子繊維で縫い合わせるのであった。季節を間違えなければ、風は一定の方角に向かって吹くので、舷側板の「縫合船」は三角帆を使って軽やかに航行できた。釘が錆びて組み立てた船が壊れることもなく、軽々と動く。われが受け持たされたのは、三角帆をあやつる、いわば舵取りだが、北風を受けて西に向かって船を走らせるわれの巧みな舵さばきにグジャラート人の船長はすっかり感心して、よほどの強風や逆風でないかぎり、船の操縦を任せっきりにしてくれた。船長はお前がこの船の水夫を続けてくれたらば、一生楽に生活ができると、しきりに勧誘してきたが、こちらは愛想笑いで答え、首を縦には振らなかった。

さいわい、毎日が晴天で航海は順調に進んだ。冬といっても、ここは熱帯で寒さはまったく感じない。アラビア海と日本の海とは同じ海でも随分航法が違った。よく知っている周防《すおう》灘《なだ》にしても玄界灘にしても、多くの島に挟まれて潮の流れが複雑であったし、それ故に水軍の戦いも島と海流とをうまく使う方に勝利の栄光が来るのだが、ここアラビア海は島が少ない大陸の海で、潮の流れも単調であった。

規則正しい波が、同じリズムで押し寄せてくる海ほど楽な航海はない。水夫として働いているのは、グジャラート人のほかに、シナ人が数人、それに日本人われひとりであった。客はゴアからホルムズ島に移り住むポルトガル人の家族や要塞で働く兵隊たちが数十人である。

ひと月半ぐらいでホルムズ島についた。約四四〇レグア（二、二〇〇キロ）をジャンクで快調に航海できた。荷物を下ろし船を港の洞窟にあずけ、今度はグジャラート人やシナ人たちと便船でウブッラに行き、彼らを駱駝曳きとして例年雇っているオスマン・トルコ人の巨大な隊商に雇われることが出来た。いよいよ砂漠の旅の始まりである。海の人にとっては初めての経験であるが、不安よりも初めて歩く砂漠の旅という冒険の喜びが強かった。

4　白い太陽

ウブッラは大小さまざまな隊商の到着地また出発地として栄えていた。今はオスマン・トルコ領になったが、もともとはペルシャ領であった。この海辺の町に、東洋各地、シナ、シャム、インドなどからの帆船が押し寄せ、これまた東洋各地から陸地伝いに歩いてきた大小のおびただしい駱駝の隊商たちと交易していた。交易後の物量の流れの方向はどうなっているかについて、われはあまり関心を持たない。ひたすら、エルサレムに向かう「歩く旅」のみを望んでいる。そして、グジャラート人の船長の引きで、五千頭以上の駱駝を持つ巨大な隊商に雇われることに成功した。

この隊商はティグリス河に沿って北西方向のバビロンに砂漠を歩いて行き、そこからユーフラテス河を越えてさらに北西方向に歩き、シリアのアレッポから北の首都イスタンブールに向かう。そこでアレッポまでの賃金をもらい、南のエルサレムに単独で向かうつもりである。何枚もの地図を比較検討し、昔、若いころ、エルサレム巡礼を果たした例の白髪神父の経験談を聴き、それが現在のところ、自分の旅路を行く能力に合った方法だと思っている。

これからの旅を想像してみる。強健な体の自分が、砂漠を歩いていく姿が、とくに砂嵐の荒れている砂漠を歩く勇ましい姿が、頼もしくも美しい未来の姿として想像できる。駱駝の背に乗せた荷物は、ずっしりと重く、金塊か陶磁器か宝石か、とにかく高価なもので、それをまかされたのは隊商の隊長に深く信用されたためと信じている。


太陽の熱い光を一杯に受けた砂漠は、横風を受けて、絶えず美しい波模様に飾られている。古くなった砂原の上に何とも言い表せない不思議な模様が描かれる。風が強くなると、さっきまでの砂山は崩れ、幾重にも重なった新しい模様ができる。

何千年、いや、何百万年もの間、大宇宙を創造したデウスはこの砂の絵画を絶えず書き替えてきた。その砂絵の美は、イスラム建築の壁の絵画模様になって定着するらしい。しかし砂の波模様には、一つとして同じものがない。それは美美しい模様の無限の創出である。

濃い青空を抜け落ちてくる陽光の下では異変が起こりつつあった。灰色の幕が広がり、晴天を隠しはじめたのだ。その巨大な二色のせめぎあいは、砂漠を這う長い隊商の列を飲み込もうとしていた。風が吠えて砂塵を巻き上げ始める。総隊長が何かを大声で叫ぶ。と、それに答えて駱駝曳きたちは、麻の布を出して鼻と口とをすばやく蓋《おお》った。同僚のシナ人はトルコ語に堪能で、「砂嵐の来襲だ」と教えてくれた。われはゴアの町の売店で買った麻布を出して、適当な長さに切りはじめた。見回りに来た副隊長が鋭い声で叫んだ。お前は駱駝使いとして年期をいれていると言っていたが、砂嵐の用意もしていなかったのか。と、シナ人が通訳をしてくれた。彼は副隊長にこう言ったと告げた。

「なに大丈夫。彼はちゃんと用意してきましたよ。年期が長いだけに、布切れを口と鼻にまくのを急がないだけですよ」

砂嵐というのは、不意に強風が襲いかかり、大量の砂を高々と巻き上げる現象だ。当初は人間は目つぶしをかけられ、砂粒で口の中が砂まみれになり、鼻が詰まって息ができないほどに苦しむ。しかし、風が砂を空中に押し上げてしまうと、下界にいる人間どもを嘲笑うようにはるか高い所を流れる砂の大河となる。人々は、天空を走る砂の流れを見上げ、さっきまで見えていた遠い山や椰子林や砂山などが灰色の砂に塗りつぶされるのを黙過するのみだ。景色は灰色一色になり、そのなかで唯一輝いて見えるのが、まん丸の真っ白な太陽であると静止している。おのれのいる天にくらべれば、はるか下界に渦巻いている砂を余所目に見ながら、じっる。何と巨大な、悠然とした、そして美しい存在であることか。

砂嵐の襲来に身をこごめていた隊商の長い列が動きだす。この場合、方位や位置を知るのは、白い太陽を観察して方角や時間を知る技術を持つ総隊長だけである。彼は、砂に埋もれた街道を再発見し、長い隊列を復活させる。天空にあった白い太陽は、次第に高度と方向を変えながら、隊商たちを誘導してくれる。そして、白い太陽の日没が来る。赤い夕日などはここでは全く見られないが、白い日没は方角を正確に示してくれる。夜営となる。ナツメヤシの塩漬け、駱駝肉の焼肉、椰子の実のスープという簡単なものだが、色のない世界にいる者にとっては、それらの色のついた食事は、最上級に美味な馳走に見えるのだ。

来る日も来る日も、灰色一色の空に、白い太陽のみであった。数日同じ景色が繰り返される。白い太陽が東から昇り西に沈んでいき、夜は闇だけで星影はないという単調な一日である。闇の空を見ながら眠り、そしてまた翌朝、白いまん丸の太陽のもとを歩く。

突然、廃墟が現れた。石畳の道が縦横に延びて、大小の石造りの家跡が路辺を区切り、昔の栄華の跡を展開している。同僚のシナ人にここはどこかと尋ねると、ウルという古い町の跡だと教えてくれた。旧約聖書に「カルデアのウル」とある町があったことを思いだす。ユダヤ人の祖アブラハムの故郷ではないか。旅の疲労を喜びが吹き飛ばす。聖書の物語の最初から順を追って旅をするとは、なんという律儀な神の恵み。心の中で十字を切る。

廃墟のそばにはオアシスがあるはずだ、水なしに都を作るはずはないから。果たして総隊長は、「オアシスを探せ」と先発隊に命じた。駱駝を一ヵ所に集めて待機させ、人びとは手分けして探した。緑の樹木が現れれば、水はすぐ見つかる。駱駝が人間の声の意味を理解したのか、調子はずれの声で嬉しげに啼く。人々は動物、と言っても動物は駱駝しかいないけれど、その骨をくりぬいて作られた水筒に水を満たして喉を鳴らして飲む。

喉の渇いたイエスがサマリヤの女から水を恵んでもらった、あの聖書の美しい場面が、突然はっきりと思いだされた。奇蹟によってパンや魚を量産して大勢の人々の飢えを救ったイエスでさえ、イスラエルの山の中では喉が渇いてしまい、サマリヤの女から水をもらって飲んだのだ。イスラエルでは、サマリヤの人々は差別されていて、近づいて、飲み水をもらうなどは全くの御法度とされていた。しかし、イエスは平気でサマリヤの女に水を汲んできてもらい、おいしそうに飲んだのだ。びっくりしたのはサマリヤの女であった。

「主よ、あなたは預言者だとお見受けします。でなければ、サマリヤの女から水をもらって飲むなどなさりませんから」

「女よ。おまえは今わたしに水をあたえたことで、永遠の水の力を知ったのだ。わが御父は一杯の水で神の霊を教えたもうた。ああ女よ、お前はすばらしいことをしたのだ」

そこに弟子たちが帰ってきて、イエスがけがらわしいサマリヤの女と話しているのを見て、驚いた。

サマリヤの女は、大勢の仲間を連れてきて、「どうか私たちの所にお泊り下さい」と頼んだ。イエスは二日間サマリヤ人の家に泊まった。

砂嵐が去り、ふたたび熱砂の大地となる。燃える太陽が熱の雨霰《あめあられ》を降らす。沸騰する熱湯の乱舞。ああしかし、神の筆が描く模様は美しい。丹念に畝《うね》を重ねていくと幾重もの畝模様になっていく。もっとも砂模様など見飽きたらしい人々は砂の美などには、全く無関心だ。彼らが気にしているのは頻繁におこる砂嵐来襲の兆候と、方角を定める目印の廃墟の発見、そしてオアシスの水である。

毎日、聞いているうちに独特な抑揚のあるトルコ語が少しわかる、いや意味が察せられるようになった。隊商に雇われている人々にはオスマン・トルコ人の下にアラブ系やイラン系やインド系やシナ系の人々が混じっていた。われはシナ系の人と思われていて、シナ系の人々が好んで話をしようと接近してくる。ところが、シナでも南方の人々が多く、発音の訛りがひどいので、会話ではなかなか意味が通じない。しかし漢字を書けばたちどころに意思の疎通ができた。こうしてオスマン・トルコ語に堪能なシナ南方人から、砂漠や廃墟や都市の情報を得ることができた。

ウブッラにモンスーンを利用して集結した数多くの隊商には、駱駝隊の客人としてイスラムの聖地メッカやメディナへの巡礼者も多く加わっていた。イスラムという平凡な名称よりもムスリムという威厳のある言葉で呼ばれたい人々である。この巡礼たちは普通のイスラムの信仰をどこか見下げていた。ムスリムと呼ばれるからには、戒律を厳密に守り、アラーを日に五回は平伏して拝み、遠くの国々から高価な巡礼旅行をしてきた金持ちでなくてはならぬと言わんばかりだ。巡礼である以上は高価な絹と宝石に着飾ることはないが、張りのある声でコーランを朗誦し、天幕の囲いのなかで湯浴みをして身を清めたり、黒檀の机上に並べた豪華な料理をアラーに捧げたりはする。そして自分たちはお相伴をして、アラーの恵みに感謝するのだった。

オアシスの古代遺跡のほかに、時々小さな町を通った。細い塔に飾られたイスラム寺院が目立ち、分厚い壁で四角い造りの隊商宿にはトルコ語の会話が、闇夜の花火のように飛び交っていた。石造りの旅館は、大きく頑丈にできていたが、駱駝係が動物と雑魚《ざこ》寝《ね》する場所は狭く、総隊長と隊商たちはその上の豪華な部屋に宿泊する仕掛けになっていた。駱駝曳きは駱駝と同じく一種の奴隷であって、外出の自由は与えられておらず、繁栄している街を見る機会はなかった。ウブッラから、歩きに歩く強行軍で、一一〇レグア（五五〇キロ）を踏破してせっかく名高いペルシャの首都バグダードに来ながら、彼らには観光の機会はなく、翌朝は、再び襲ってきた砂嵐のなかを、布を顔にまきつけ、それでもものすごい砂嵐にむせびながら駱駝に鞭を振るった。

古代の色、茶褐色に染まったユーフラテス河の岸辺を離れて、奥深いシリア砂漠を行くと、「パルミュラ遺跡」だと総隊長が教えてくれた広大な廃墟に到達した。ローマとペルシャの戦いの跡で、ローマは大神殿や列柱のある道を破壊した。砂に埋もれているが、紀元前の巨大な都市が砂の下にあるようだ。ずっと以前、日本でポルトガルの神父からこの遺跡の図譜を見せられていたので、ローマ、ギリシャ、エジプト、ペルシャの独特の建物の柱列や装飾が目につき、いよいよ目指すエルサレムが近いと、全身の疲労を吹き飛ばすような力が身内に湧き起るのであった。

アレッポに着いた。バグダードから一二〇レグア（六〇〇キロ）である。ここは国際都市で、イスラム寺院とギリシャ、シリア風の街がごちゃごちゃと身を寄せ合っていた。それまでわれが属していた隊商は北方の首都イスタンブールに向かうので、最初からの約束の通り、駱駝曳きとしての給料をもらい、隊商と別れて、やっと自由な一人の旅人になった。

手にした給料で、旅に入用な物をいくつか買い集める。まずはシリアとエルサレムの地図。トルコ語、アラブ語のは字が読めず、やっとイタリア語の地図を発見した。エルサレム城内のフランシスコ会巡礼宿を城内北西部のキリシタンの聖堂の建ち並ぶなかに見つけた。

そう、まずそこを訪ねてみようと心に決める。目的がはっきりすると、疲労も飢餓も忘れて、われは元気いっぱいに歩き出す。体は軽やかに動く。

アレッポに匹敵するような大きな都が現れる。片言のトルコ語で土地の名前を旅人に聞いてみるとダマスカスという返事である。地図で確かめるとアレッポから南に四〇レグア（二〇〇キロ）、さらに南に四〇レグアでエルサレム。第一に道なかばである。第二にシリアの首都ダマスカスとは、サウロ回心の記念すべき町である。これまでの長途でも、かつて経験したことのない歓喜が全身にみなぎり、汗をたぎらす。サウロはイエスの弟子たちを脅迫し逮捕して迫害する人だったが、エルサレムからダマスカスへの途上、突然天の光が彼のまわりを照らした。サウロは地に倒れ声を聴いた。

「サウロ、なぜおまえは、わたしを迫害するのか」

「あなたはどなたですか」

「わたしは、おまえが迫害しているイエスだ。起きて町に入れ」

サウロは立ち上がったが盲目になっていて暗い闇しか見えなかった。そして三日間、目も見えず、食事もとれなかった。主イエスの命令でアナニアという者がサウロの所に行き、主の命令を伝えると、サウロは目に光を受け、また見えるようになった。サウロは数日、ダマスカスの弟子たちと一緒に行動し、あちこちの会堂で、この人こそ神の子であると、イエスの信仰を宣べ伝え始めた。

サウロ、のちの聖パウロの回心した町にいることを知り、主イエスの声を自分もぜひ聞きたいとひざまずいて祈った。主は沈黙していたが、長い苦難の旅路に疲れ果てていた体に不思議な活力が注入され、息を吹き返し、新しく元気いっぱいな一歩を踏み出す喜びが満ちてきた。その喜びは、われはもはや、ひとりぽっちにあらず、パウロと同行二人《どうぎょうににん》であるという励ましを受けた、盛大な歓喜なのだ。


ダマスカスからは、様々な物品を北のイスタンブールに輸送する輸送業者の隊商と、アラビア半島のメッカに客人を乗せていく巡礼者の旅行業者の隊商とが分かれた。後者の業者は、客を駱駝に乗せていくので、駱駝の数も多く、三千か四、五千頭の大がかりなものが普通であった。巡礼者を乗せるだけでなく、彼らのための天幕や砂嵐のためのテントを運ぶ駱駝、巡礼者の食事を作るコックや水の分配人などが巡礼客についているので、一人の客に対して数頭の駱駝が必要であった。

驚いたのは、巡礼者を守るために、オスマン・トルコの竜騎兵が数千人も、影のように寄り添い、隊商の列を護衛していくことだった。この巡礼者への徹底した配慮を見て、イスラムも威厳と秩序を持った宗教だと見做すようになった。

ダマスカスから街道をさらに南に下って行く。右手に砂漠では見たことのない高い山が屏風岩のように街道に沿って延びている。それが珍しく思えたのは、まったく樹木のない砂山ばかりを見てきたからである。行きずりの旅人に山の名前を聞くと、ヘルモン岳という答え。砂漠の山は絶えず移動する頼りのないものなのに、この緑の山は、ともかくも不動の大地である。

そんな思いにふけっていると、視界が開け、赤ちゃけた高原が広がってきた。これも旅人に名前を尋ねると、ゴラン高原だと言う。地図で確かめるとダマスカスから四〇レグア（二〇〇キロ）である。

ゴラン高原を横切っていけば近道でガリラヤ湖に出るはずである。しかし広大な高原はよく見れば半分砂漠の草原であり、目印になる山も道しるべもない。これでは迷うばかりだと街道に戻る。ここだと旅人の往来はあるし、小川もところどころに流れているし、路辺に干しナツメヤシの実を売る売店もある。

やがて、地図を見ては思い描いていた聖なる湖が、きらきら光りつつ近づき、拡大してくる。ホザナ、ホザナ！　というイエスをたたえる歓声が、自然に口から飛び出す。足並みは急に速くなり、軽やかに、まるで宙を飛ぶように走りだす。そしてついに主イエス・キリストの説教が頻繁におこなわれたと聖書に記述されているガリラヤ湖畔を目の前に見る。聖書には「海」と書かれていたが、そう大きな湖ではなく、対岸がはっきりと眺められる程度の大きさだ。心は躍る。走っている体からは、船の錨のような重い束縛が滑り落ち、天にも昇る軽やかな心地が湧き出てくる。

行きついたのは湖の北の岸辺である。漁を終えた男たちが、網を船から岸辺にあげて砂浜に干していた。所の名前をトルコ語で尋ねるとカフェルナウムという答え。聖書に何度も出てくる懐かしい名前である。イエスがそのあたりの湖畔で人々に教えを垂れ給うたのだと思う。岸辺は一面、華やかな春の花園であった。

野の百合はいかにして育つかを思え。労せず、紡がざるなり。されどわれ汝らに告ぐ。栄華を極めたソロモンだにそのよそおい、この花の一つにもおよばざりき。今日ありて、明日炉に投げ入れらるる野の草をも、神はかく装いたまえば、まして汝らをや。

野の草はギリシャ語の原文聖書では、百合である。そして今も見渡しているガリラヤ湖のほとりでは、赤い百合、赤いアネモネ、赤いアドニス、白い水仙、黄のフェニキアや春菊、紫のサフラン、と百花繚乱である。これらの花の名前は、マニラの文書館で、植物図鑑で調べて暗記していた。

故郷国東半島の海に面した斜面を思い出しながら、花の名前をつぶやいていた。白百合、ウツギ、スイカズラ、スミレ、クルマユリ、クズ。白、黄、赤、紫。デウスの創りたもうた花々の気品と美。嬉しかったのは、イエスの説教した場所が百花繚乱と形容していいほど、さまざまな花に飾られていることである。春のまっさかりの大地にこれだけの花を咲かせるデウスの素晴らしい力を見られるさちを思う。湖畔の花園を見回して、イエスの言葉の真なるを讃える。

「山」というと深山幽谷を思う日本人は、今、岸辺の里の「丘」に喜びを覚える。ゆるやかな斜面に立つイエスの前に、民衆がしゃがみ込み、温かい教えに心を開く姿を思い描く。そう、花咲く丘は湖を飾り、そこに飛びかう小鳥たちは人々を祝福している。

大切にたずさえてきた日本の矢立を出し、湖の水で墨をすると、ずっとつけてきた日録に「一六一九年五月末、ついにガリラヤ湖畔に到達す。神の花園、小鳥の楽園なり」と書きつける。

湖の岸辺の丘の斜面に横になった。赤、白、黄、紫の花がこぼれるように咲き誇り、好い香りを送ってきた。陽は温かく自分を包んでくれたが、砂漠のような炎熱や夜の寒さ、つまり体を苦しめる光線ではなかった。体の隅々を満たしていた疲労が、筋肉から抜けていく気分で、眠気が広がっていく。花に飾られた豪奢なベッドにそっと置かれた心地だ。

三十歳ほどの痩せた青年が湖畔を歩いて来た。軽やかだが威厳に満ちた歩きぶり、その威厳は頼もしい光となって四方を照らす。と、漁師二人が湖に網を打っているのを見て、青年は気軽に近づいて行く。

網を打つ二人はわれが霊名をいただいた真正の聖ペトロと呼ばれるシモンとその兄弟のアンデレだ。痩せた青年は不意に二人に話しかけた。

「わたしにしたがいきたれ、さらばなんじら、人をすなどる者となさん」

単なる弟子ではなく、後に十二使徒のひとりとして崇められるペトロ・シモンを先頭に弟のアンデレは、たちまち青年に従った。つまり網と船、彼らにとっては高価な財産をあっさりと捨てて、青年のあとを追ったのである。

ペトロ・シモンもアンデレも湖の近くに住んでいた。最近、不思議な青年が、このあたりで、悔い改めよ。天の国は近づけり、と群衆に説いてまわっていると聞いていた。この威厳のある方こそ、その噂の人物に違いないとペトロ・シモンは思い、アンデレもそう思う。青年がさらに歩み行くと、ゼベダイの子のヤコブとヨハネが船と網とを捨てて、青年に従う。彼らもイエスに従うことが、素敵に明るい喜びに思えたのだ。なぜだか判らない。彼らがそうしたならば、われもそうせんと、喜び勇み、丘の傾斜を駆け降りて行く。が、すぐに息が切れ、目が覚めた。湖畔の花園の一炊の夢であった。

湖を見渡す。人っ子一人、船一艘も見えぬ。青い波が歌う聖歌隊のように、身振りをしつつ音無き歌を唄っている。その歌は湖面を渡っていく風となって、ふと現れては消えていくが、吹くたびに、われに染み入り、魂に吸い込まれ、また息となって吹き出してくる。

花の群れが揺れる。花園が躍っている。聖霊はかくのごとくに不意に現れ、あらゆるものを喜びに満たす。それは喜びの舞である。すべてが躍動している。心は目覚めて夢を回想する。あの青年こそイエスその人だったのだ。

イエスは、ペトロ・シモンを弟子にして、説教の準備をあれこれと整えさせた。例えば、大勢の人々が自分の説教を聞きたがっているので、岸辺にはもうわれの立つ場所の余裕がない、われを船に乗せて岸から放してくれと命じた。イエスは船の横に腰かけて、人びとに語りかけた。大勢の人々が説教を、立ったまま、熱心に聞いていた。

しかし、その声は風に吹き飛ばされ四散して遠くにいた者には届かず仕舞であった。イエスの説教を聴きたいと勇み立って、心急いて丘をくだり、群衆の後ろからその声を聴こうとした。しかし、岸辺にきたとき、船もイエスも群衆も掻き消えてしまい、波の音が水底の石のうえで風とたわむれていた。

ああイエスよ。などて消えたまうか。されどわれの心に御すがたはあざやかに刻せられたり。それのみにてわれは喜びに満ち、感謝したてまつる。みぎわより水につかり、われを清めたまえと夢中で顔を洗いつつ、なんどもなんども礼拝する。

湖より離れて、丘を登る。なだらかな斜面に立って、民衆に語りかけた諸説教のいくつかを思い出しつつ、丘のてっぺんに到達し民衆を見渡す心である。ああ、聖書、聖書、聖書の魂に沁みいる不思議な言葉、言葉。

もとめよ、さらばあたえられん。たずねよ、さらば見いだされん。門をたたけ、さらば開かれん。すべてもとむる者は得、たずねる者は見いだし、門をたたく者は開かるるなり。狭き門より入れ、滅びにいたる門は大きく、その道はひろく、これより入る者おおし。いのちにいたる門はせまく、その道は細く、これを、見いだす者は少なし。

健やかなる者は医者を要せず。ただ病ある者のみこれを要す。わたしはただしき者を招かんとあらで、罪びとを招かんとてきたれり。

さらに、丘の奥の森に分け入らんかな。

野に比べると花は少なく、茂みには何かが隠れてひそむ気配である。また聖書の一節が魂の底の底から浮かびあがってきた。

なんじらのうち、たれか百匹の羊を持たんに、もしもその一匹を失わば、九十九匹を野におき、ゆきて失せた一匹を見出すまで尋ねるべし。かくのごとく悔いあらたむる一人の罪人のためには、悔いあらたむる必要なき九十九の正しき者に勝りて、天に喜びあるべし。

これらこそ真理の言葉。はじめに言葉あり、言葉は神とともにあり、言葉は神なりき。おお、神なる言葉こそ真理なり。

森を出て、ガリラヤ湖を見渡す。夥しい鳥が飛び交う。水面には空に負けじと無数の鳥がもやっている。その一羽が水に潜った。辛抱強く待っていたが、いっかな首を出さぬ。ずっと向こうにやっと浮かびあがった。すばらしく息の長い鳥。造化の冴え。

丘を下りて行く。岸辺まで走る。

「いや、あの鳥にはかなわない」と、息をつぎ、また息をつぎつつ、走る。

湖の岸辺に沿ってエウロパ時計の逆回りに歩く。カフェルナウム、マグダラ、ティベリアからさらに先に行こうとして、湖より大量の水を流出させているヨルダン河に、行く手をはばまれた。洗礼者ヨハネが主イエスに洗礼を施したヨルダン河は、ガリラヤ湖の源流では水量豊かな急流であった。これでは渡れぬ。ずっと下流で緩やかな流れのあたりを、あとで渡ってみようと思い、今はエルサレムに直行せんと、心に決めた。イエスが育ったナザレ村を歩いたが片田舎の寒村ですぐに通り過ぎてしまった。ガリラヤ湖の周辺はナツメヤシを始め、ブドウ、ザクロ、イチジクなどの果物畑が野の花と競って地を飾っていた。

サマリヤの山路に来たとき、イエスの時代にここの人びとが差別されたのはなぜかと不思議に思う。主イエスは「よきサマリヤ人」の例えで説いている。強盗がある人を襲い、衣を剝ぎ、半死半生にして捨て去った。ある祭司は知らん顔をし、レビ人も同じであったが、サマリヤ人は油と葡萄酒で慰め、傷の手当をして、旅籠に連れ行き介抱した。

ほかの説話にある、あの喉のかわいたイエスに水をあたえたのもサマリヤの女であった。そのときイエスは永遠の渇きを止める聖霊について語った。神にめでられる人は、権力を持つローマ人でも、人を憎むのをよしとしたユダヤ人でもなかった。主よ。よきサマリヤ人と聖霊の水を主にあたえたサマリヤの女こそ、すばらしきかな。主よ、彼女の如く、われをあらしめたまえ。

サマリヤの山路をくだり、ナブルス街道に出る。エルサレムが近づきつつあると思うと、あしばやになる。次第に草木が少なくなり、岩と小石の混ざった登り坂になっていく。喉が渇くが、小川ひとつ見当たらない。街道沿いに水やパンを売る露店があり、やっと飢渇を潤すことができた。健脚を誇っていた男が疲れ果ててきた。夢中で歩き、日を数えるのを忘れ、やっと前方に高い城壁をめぐらした街を見る。

草木は絶え、岩また岩の坂道の頂点に建てられた都市、これぞエルサレムならん。日ぐれて、城壁の壁が黒ずみ、宵闇がにわかに広がっていく。目の前の頑丈な鉄扉はすでに固く閉まっている。おそらくはダマスカス門なりと思い、地図を広げた。磁石と地図とを見くらべて、それが東側の門、すなわち獅子門だと気づく。すると、このあたりは、ゲッセマネのオリーブ林ではないか。ゲッセマネとは、オリーブ油の圧搾機の意味でオリーブにちなんだ地名である。

　胸は夜気に冷えて、悲しみに満ちた故事を浮かびあがらせた。とある太いオリーブの木に枕のような窪みを見つける。それがあまりにも気持ちのよい枕の形をしているので、一気に眠気が襲いかかってきた。疲労がわれを枕に誘ったとも言える。横になり、目をつぶると、枝の枕の上で眠りの海に沈んでいく。おや、誰かが悲しんでいる。死ぬばかりに悲しんでいる。ゲッセマネのイエス・キリストの祈りの声だ。目を開いてあたりを見回したけれど、使徒たちも眠っている。

　イエスは多くの説教をしたあとで、「使徒」と「弟子」という言葉を区別して用いるようになった。あるとき、十二人の使徒を選んで、呼び寄せ、穢れた霊に対する権能を授けた。

　最後の晩餐のあと、明日の死を強く予感していたイエスはこのゲッセマネに、使徒たちとともに来て、血の汗の祈りをする。しかし、特別に信仰の深い使徒たちといえども、主イエスが血の汗を流しての願いをしている間に目を開いておれなかった。イエスは使徒たちに悲しみにもだえる顔を向けた。

「わが心いたく憂いて死ぬるばかりなり。なんじら、ここに止まりてわれとともに目をさましおれ」

そう言ってイエスは平伏して祈った。

「御父よ、できることなら、この不吉な杯をわたしより過ぎ去らせたまえ。しかし、わたしの願いのとおりではなく、御心《みこころ》のままに」

それから使徒たちの所にもどって見ると、彼らは眠っていたので、ペトロを叱った。

「なんじら、わずかいっときも、われとともに目を覚ましおれぬか」

そうして二回目の祈りをして、元の位置にもどってみると、使徒たちは、またもや眠っていた。三度目の祈りのときも同じことだった。

この十二人の使徒のうち、イスカリオテのユダがイエスを裏切った。彼は祭司長の所に行き、イエスを引き渡せば幾らくれるか、と言い、銀貨三十枚をもらう約束をしていた。イエスを逮捕し、殺す陰謀が秘かに進行していた。ついさっき、イエスは十二人の使徒とともに最後の晩餐に臨んだ。イエスは、

「まことに、なんじらに告ぐ。なんじらのうちの一人、われを売らん」と言った。

使徒たちは非常に心配して、おのおの、

「主よわれなるか」と代わる代わる問うたが、イエスは、

「われとともに手を鉢にいれる者、われを売らん」と答えた。

今、ユダの声が遠くに聞こえた。われの接吻するのがその人だと明瞭にイエスへの裏切り

の言葉を群衆に述べていた。ユダはイエスにちかづいてきて、「ラビ、安かれ」と接吻した。

するとく群衆が大地を踏み鳴らす重々しい足音、おそらくは剣や棒を持って叫びながら走ってくる靴底の音がイエスを囲んだ。われは目を開こうとしたが、物音があまりにも荒々しいので、見たくないという意志が働き、目を開くことができなかった。ただ一人の男が、悪魔の黒い衣服を着た乞食が、よろよろと歩いて行く姿が想像された。あれがユダか。金勘定のたくみな、ただそれだけの男か。

やがて男は姿を消した。聖なる主を裏切った男には、夜の闇に蕩けて消えるのがふさわしい。どこかで悪魔の嘲笑が鳥の夜鳴きのように、耳障りな余韻をわれの耳の底に残していた。余韻はあの男の罪を繰り返して笑っていた。われは寒さに震えながら、イエスの血の汗の祈りのときの使徒たちのように、異常なほどの眠気に襲われた。時の歩みは速し。ぐんぐん進む。朝日の温かい愛撫に誘われて、目覚めた。

念のために地図で歩いた道を確かめる。間違いなく、あれはエルサレムの門だ。ガリラヤ湖から四〇レグア（二〇〇キロ）だ。ついに陸地を歩いて聖なる都に到達したのだ。海辺のウブッラから総計どれだけ歩いたのか地図で確かめて見る。三九〇レグア（約二、〇〇〇キロ）であった。やれやれ歩きに歩いたものだ。しかし、なんという気持ちのいい、軽やかな朝であろう。もう門は開いているであろう。オリーブの枝の枕から頭を、太い釘でも抜くように、ぐいっと引き抜いた。そこに倒れ込んだまま、まったく身動きをせずに一夜を過ごしたのだ。頭を上げるのも億劫で、横になったまま地図調べをしていた。寒さのためにそこに凍り付いていた感じであった。よくも凍死しなかったものだ。オリーブ林の中には誰もいなかった。群衆の足あとも、乞食男の足あともなく、しかし、遠くの城門のあたりに、大勢の人々のどよめきが、そこで喧嘩か戦争でもしているように響いていた。

近づいてみると、人びとは城門の守衛の前に、長い列を作っていた。日本の大八車のような車に、野菜や果物や使い方の解からぬ雑品をうずたかく載せて、なにやら証明書のようなものを見せて、中に入って行く。駱駝曳きの賃金を払うときに、総隊長は、オスマン・トルコでは、いたるところで、証明書が要る。お前の名前のある偽の身分証明書を作ってやる、といい、ターバンの切れ端に、トルコ語でなにやら文章を書きつけ、われの名前を並べて書いてくれた。こんなものが証明書になるのかと、思ったが、大八車の男のも、汚いきれっぱしであったので、臆せずそれを見せると、いとも簡単に門の中に入れてくれた。

エルサレムだ。ついに聖なる都に入れたのだと心臓は全身を喜びの血で充たしつつ、高鳴った。

5　聖都エルサレム

一六一九年五月末、エルサレムの獅子門から街の中に入る。

イエス・キリストの受難の道、ヴィア・ドロローサを一目見ると、われの両の脚は敏感に飛び跳ね、刻み足で歩いていた。

イスラムの聖地に来たとは思う。しかし、イエスはコーランのなかでも尊敬されている預言者だ。したがって、預言者イエスの受難の道を近隣諸国から物見遊山に訪れに来る人々も多い。沢山の土産物屋が並んでいることにも、オスマン・トルコの兵隊たちが監視の列を作って交通整理していることにも、目もくれず、何度も地図を眺め、記憶として頭の中に刻みこまれた迷路のような道を、ついには大股に歩き、いつの間にか走りだしていた。

ゴルゴタのあたりから、キリスト教の教会が集まっている街になり、さらに、西の奥へと到達し、フランシスコ会の巡礼宿と思う一軒家に向かった。目的が定まれば一心不乱に矢のようにまっすぐそこに到達するのが、わが流儀。怪しまれて兵隊の交通整理隊に追いかけられたが、走る速度にはかなわなかった。おそらく泥棒が何かを奪って逃げていくと思われたらしいが、ともかくわれの速度にはかなわなかった。

あった！　帆立貝がぶら下がった一軒家だ。巡礼宿だ。赤い十字架の描かれた帆立貝が入口の上にかかっている、粗末な建物にわれは飛び込み、開いた扉を、そっと音もさせずに閉めた。

褐色の服の修道士が立ってわれを遮った。たくましい大男で、日本でもよく見かけたフランシスコ会の制服の腰を縄で巻いていた。呼吸を整えつつ、ラテン語で話しかけてみる。

「われは極東の国ジャパウンの修道士です。ここに身分証明書があります。この巡礼宿に宿泊したい。よろしく頼みます。一泊いくらで泊まれますか」

汗だくのわれが必死に訴えた勢いに呑まれたか、修道士は、われの一歩に一歩退き、という具合で、もつれた舌で答えた。

「ジャパウン。聞いたことがある。シナの小さな属国であろう」

「いやいや、ジャパウンは立派な独立国にて、コレジオもセミナリオもあります。われはセミナリオの卒業生です。卒業証明書は荷物の底にあり、これは仮の書類です」

隊商の総隊長の書いてくれたトルコ語の証明書を見て、大男は頷いた。はげ頭と目の下の皺からは相当の老人に見えたが、声は澄んで若く思えた。年齢は不明だ。

「フランシスコ会の神父や修道士ならただである。食事もただである。それ以外の巡礼者なら出せるだけの銀貨でいい。ただし銀貨を持たぬものは、薪割り、炊事、掃除などの労働をしてくれれば有難い」

修道士の話しているのはイタリア語であった。秋月のイタリア人司祭、パードレ・エウジェニオに習った言葉を思い出しつつ、話してみる。宿帳に名前を書くとき、ここにくるまで、なんとなく偉ぶるような気がしてあまり使わなかった「ペトロ岐部カスイ」の名前を用いた。カスイは活水の意味で、自分の号である。自分の持ち金について正直に、それが僅少であること、従って、便所掃除、部屋の掃除、薪割り、炊事、なんでもすると約束した。それから、自分はラテン語はよく勉強したがイタリア語は簡単な会話しかできないので、どうか、イタリア語を教えてほしいと頼んだ。ここイエス・キリストの聖地に半年以上は滞在して、主の事績の跡を訪ねてみたいのだと言った。大男修道士の名前を尋ねた。

「アントニオという名前だ。シニョーレなどという敬称はいらない。呼び捨てにしてくれたまえ」

われは、

「アントニオ」と呼んで、「われの名前もペトロという霊名では聖人に対して恐れ多いから、あなたの言いやすいカスイと呼び捨てにしてください」

と頼み、二人は握手した。アントニオの手は皺だらけで、やはり相当の老人であると思えた。彼は部屋に案内してくれながら、

「二階に巡礼宿館長のディエゴ神父がいるが、八十歳の老人で最近老衰が進み、寝ていることが多い。物忘れもひどい」

と言った。

「ああそれなら、いろいろと看病してあげねばなりませんな」

われは日録に、自分のなすべき事柄のひとつとして書きつけた。

「エルサレムのラテン語の地図、できれば詳細地図が欲しい。売ってくれませんか」

「これは若いときのディエゴ神父が、創って印刷したものでよく出来ていて巡礼者たちに評判のいい地図だ。銀一枚で売っている」

なるほど立派に綿密に作成されたイタリア語の地図であった。市販されているトルコ語、アラブ語のはキリシタンの要所は示してないが、これは、あらゆるキリシタン教会の位置が細密に描きこまれ、建設の年月日が、几帳面に書きこまれてある。とくに昨日眠ったゲッセマネのオリーブ林や獅子門を出発点とするヴィア・ドロローサを強調して示してあるのはありがたい。

即刻、地図を購《あがな》った。次いで、宿泊条件をアントニオと相談した。

「早朝から昼まで働く。便所掃除、宿全体の掃除、ディエゴ神父様の大小便の世話、洗濯、薪割り、その他、宿が必要とする力仕事なら喜んで働きます」

「よろしいとも。それだけ働いてくれれば、カスイには給料を出す。われは年老いて、雑事にとどこおりがち、これぞ天の助け。正午から日没までは自由だが、そのあとは宿に留まること、というのは、暗くなるとこのキリスト教の建物が身を寄せ合っている界隈は強盗、街娼など物騒な連中が出没するからだ」

強盗と街娼という単語を探し出すのに、アントニオは、かなり時間がかかった。こちらは、彼の探し当てた単語の意味が分からず、質問してやっと納得した。このあたりキリシタン街で寂れているからこそ風紀が悪いらしい。

二人は握手をかわす。わが手は大きなたなごころにふっくらと包まれた。

部屋に案内されて荷物をおろした。ディエゴ神父の地図を開き、エルサレムの巡礼の策を練る。イエス受難の場所は何度も、気のすむまで、訪れてみようと思った。

ゲッセマネにおけるユダの接吻によって捕えられたイエスは、大祭司カイアファの屋敷に連れていかれたが、それは、なんと、ここ巡礼宿のすぐ上のところであった。ここで大祭司の裁判がおこなわれたのだ。イエスは自分が神の子であり、全能の神の右に座り天の雲に乗ってくると明言し、大祭司は怒って服を裂き、死刑にすべきだと群衆に叫ばせる。そのあと、大祭司たちはローマ総督ピラトの前にイエスを連れて行く。ピラトの宿泊していたのは獅子門の近くであり、ヴィア・ドロローサの出発点であった。当初ピラトは、

「この人の血について罪なし。なんじらみずから当たれ」と答えたのだ。しかし祭司長たちと群衆は、

「その血は、われとわれらの子孫とに帰すべし」と応じた。死刑を要望する群衆をなだめようとしたピラトは、祭のときは死刑囚を一人釈放しなくてはならぬが、それはユダヤの王イエスか、それともバラバかと、祭司長や長老に問うと、彼らは声をそろえて、

「バラバ!」と悪魔吠えした。

ピラトはバラバを釈放し、イエスを鞭打ってから十字架に張りつけるために、ローマの兵士たちに身柄を渡した。

ローマの兵士たちは、総督官邸で、イエスの着ているものを剝ぎ取り、赤い衣を着せ、茨の冠を頭に載せ、ユダヤ人の王、万歳! と言ってイエスを侮辱した。

兵士たちは、イエスが重い十字架かつぎに力尽きて倒れると、シモンというキレネ人に十字架をかつがせた。沿道の民衆は十字架が路上を進むのを、嘲ったり罵ったりし、二階の窓から見物した者たちは唾を吐きつけた。イエスの母マリアやマグダラのマリアなどが、敬虔

に頭をさげてイエスの歩みを追った。自分の子が刑場に引き立てられていくのを追う母マリアの苦しみは大きく、痛ましい。刑場に行く左側に、エルサレム出身の女性、ヴェロニカがイエスの顔を拭った場所が示されてあった。布に写ったイエスの顔とともに、現在でもローマのサン・ピエトロ聖堂のどこかに聖顔布として保存されているそうだが、それは伝説であると言う説もあって真偽のほどは分からぬ。

主の苦しみをおのれの苦しみと思いつつ、われはヴィア・ドロローサを歩いた。何度でも歩いた。最初の試みは、イエスの疲労を体感することであった。ゲッセマネでわれはオリーブの枝の股に首を挟まれて眠ったのであったが、イエスは兵士たちに監獄へ連れていかれ、まずカイアファ大祭司の尋問を受け、さらに夜明けにはローマ総督ピラトに渡された。ピラトはヘロデ王に尋問させたが、イエスは黙して語らず、そこでヘロデ王の死刑賛成を聞いて、死刑判決に同意し、身柄を兵士たちに渡した。兵士たちの手荒い扱いで緋の衣を着せられ、茨の冠をかぶせられ、さらに鞭打ちを受けて眠る暇は全くないうちに重い十字架を担がされて街に出たのだった。

ゴルゴタ、すなわちシャレコウベという所にやっとたどりつき、十字架に釘で打ちつける作業がおこなわれた。地面に横たえられた十字架の横木に、当時のローマの作法で陰部のみ覆われたほとんど裸のイエスの両腕が開かされ、両手首が釘付けされた。両足も太い釘で縦木に釘づけされた。イエスの手首と足先の痛みを想像してみたが、その想像はなんとも心許なかった。

現在、十字架が建てられた場所はカトリックの聖堂の中にあり、人びとは聖堂に入って仰ぎ見る。そして祈る。

イエスを中心に他の二人を左右に、三つの十字架が建てられた。ゴルゴタは丘と思われているが、今保存されている十字架の穴は低い所にあり、むしろ悪魔的な黒々とした窪地というべきだと思う。

イエスの墓は十字架の近くにある。ほんの三十歩ほどの所にある。その前にひざまずき祈りを捧げた。イエスは姿を消し、墓は空虚になった。この事実の発見者はマグダラのマリアであった。

聖堂を出て地図を開くと、ゴルゴタから主の生まれたベツレヘムまでは間近であると知り、そこを訪れようとすぐに決心した。

羊飼いの働く原野にある岩山の洞窟。近くにフランシスコ会の小聖堂があって、老神父がひとりで住みついていた。老神父は巡礼たちを洞窟に案内しては、その奥で主イエスがお生まれになったときの人々の喜びを語った。イタリア語であった。

洞窟の中を老神父に案内してもらった。馬槽《うまぶね》に眠る赤ん坊のイエス。安らかだが、すでに断固として力強い寝息。その小さな生命が、世界を変える力を秘めていた神秘。しかし翌日ふたたび訪れてみると、洞窟は大小の汚れた石に閉ざされ、フランシスコ会の小聖堂は掻き消えていて、牧場には貧しい羊飼いがわずかな羊たちを追っているだけであった。アントニオに、その惨状を話すと、そういうことはキリスト教を嫌うイスラムのなかに、ベツレヘムの洞窟だけでなく、諸聖堂でもヴィア・ドロローサでも、常に破壊に向かう奴らがいるので、壊されれば、また建てればいい、と笑った。

毎日、晴雨にかかわらず、エルサレム城の内外を、主の御姿を偲び、御心を偲びつつ、歩き回った。イエスが足跡を印されたと思われる所を探しつつ、石畳の道を辿った。ダビデ王の墓の近くにある最後の晩餐の茅屋、深夜の尋問が行われた大祭司カイアファの邸宅の跡を訪れた。小高い場所に大邸宅が居座っていたのだが、今はむしろ小体《こてい》な住宅や店屋が建ち並ぶ平凡な眺めである。

かつて大祭司の屋敷は人々を威圧する場所であった。ペトロはその威圧に勝てず、人々にイエスの弟子ではないかと迫られ、おのれの身分を否むという失態を演じてしまった。ペトロはイエスに「なんじ、今宵、鶏の鳴く前に、三度われを否むべし」と言われ、「われなんじとともに死ぬべきことありとも、主を否まず」と堂々と言い張った。にもかかわらず、イエスの言ったとおり三度もイエスの弟子であることを否んでしまう。聖ペトロほどの人物でも、イエスを否む。何という悲しむべき出来事であろうか。こちらは聖ペトロに及びもつかぬ新参者だ。それなのに、十字架の道に倣おうと思い込むとは自惚れが過ぎる。おのれの至らぬ信仰に聖ペトロは泣いたが、しかし、われペトロ岐部はまだ到底聖ペトロの信仰の足元にも及ばない。だからこそ、ここ聖都での必死の巡礼と、かしこ大都ローマでの勉強、修練、が必要なのだと、謙虚に卑小に自分の在り様を思う。

ゴルゴタへと、数え切れぬほど通った。十字架に太い釘で打ちつけられた痛みを、イエスと同じように感覚し、激痛にうめくためであった。また、十字架につけられた昼頃から世界が暗くなり、午後三時に息絶えるまでの苦しみの時間を、如実に感じるためであった。わが神わが神なんぞわれをすてたもうや。エロイ　エロイ　ラマ　サバクタニと繰り返し、詩篇二十二の冒頭を叫んだ。この詩篇は、ダビデの嘆きで始まり、父なる主の慰めで終わってい た。おそらく、イエスは詩篇の最後の言葉まで叫ぼうとしたのだが、冒頭のみで力尽きたというのが、日本のセミナリオで教えられた解釈である。わが魂はかならず命を得、子孫は神に仕え、主について語りつたえ、恵みの御業を民の末裔すべてに告げ知らせるであろう。そこまで深い信仰にどうやって到達できるのか。

そう、イエスは御父に棄てられたのではなかった。彼は生きながらえようとしたのだが、息が絶えたのだ。そこで人々の誤解が生じた。御父は御子を見捨てたもうと、このあと三日目にイエスは復活して使徒どもに何度も語りたもうたのだから、使徒たちには間違いなく、主の本当の言葉を伝えたはずだ。

数えきれぬほど頻繁に訪れたのは、主イエスの空虚な墓である。墓に向かって祈っていると、主の苦しみが体にしみわたり、自身が十字架につけられたように両手と両足と脇腹に激痛が走る。しかし、違う。それは激痛ではなく、激痛でありたいという願望、つまり激痛の幻に過ぎない。修練の至らないところを如何にせん。自分の不信仰に絶望するのみだ。

人間に生まれた以上いつかは死の時を迎えねばならぬ。ならば、その死がなるべく主の死に近い形で訪れたまえ。普通の死には痛みがないのが多い。それは安楽の死である。しかし、私はあえて主の死に近い苦しみの死をのぞむ。おお苦しみの死こそ、主の願われた多くの人々の幸いを守る、それがイエスの教えたもう本当の死である。苦しみ悩む多くの人々の天に於ける幸福を守る死こそ、苦しみ多きものになる。しかし苦しみの死は、イエスの復活のごとく、永遠に生きるための楽しみの死に変化する。ヴィア・ドロローサで苦しみ葬られし、主イエスこそは、人びとの幸福を守る、そして永遠の命を得るための死を体験なさった

「人」であった。三日目の復活はそのような死の幸福をもたらす象徴なのだ。

主の空虚な墓の前にひざまずき祈る。間違いなく、司祭になり、故国に帰って、主を憎んだユダヤの民に似た権力者、徳川幕府の餌食となるであろう。しかし、その時こそ、主のなさったとおりに、といって十字架に釘づけされた主ほどの痛みはむつかしいかも知れないけれども、痛み苦しむ死を体験しつつ、一生を閉じようと思う。どうか、この死出の旅を成就したもうように。

キリシタン最初の殉教者ステファノのように勇気をもっておのれも死をむかえんと思って、エルサレムの東の、獅子門、すなわちヴィア・ドロローサの出発点に行き、ステファノの最後の説教を思う。主はソロモンの建てた大神殿でも御父の神殿には及ばないと、声を大きくして人々に説いた。天は私の王座、地は私の足台に過ぎない、と言った。あなたたちの先祖が迫害しなかった預言者がひとりでもいるかとステファノは叫んだ。

ステファノが預言者たちを批判したのに、人々はひどく怒って、彼につかみかかると獅子門から外に投げ出し、石を投げ始めた。多くの石に頭を割られたステファノは、血を吹き出して死ぬ。殉教の場所に行き、天国の彼を慰めるように長い間瞑目する。そして、おのれも立派に殉教できますようにと、ステファノの加護を祈る。このステファノの殉教をまっさきに肯定したのはパウロである。そのパウロを回心させたのはイエスである。ああ、なんと不可思議な循環の輪が、主と使徒との間にはあって、人を慰め、勇気づけ、死のはてにある喜びを悟らせることか。

ある日、エルサレムの東にあるオリーブ山のユダヤ人墓地に登り、そこから天に昇られたイエスの姿を想像した。主が昇天されたときに立っておられた石について、イエズス会の創始者、イグナチオ・デ・ロヨラが、オリーブ山の黙想をすべきことを、強く宣べたので、セミナリオやコレジオにて、宣教師たちが繰り返しそれを強調した。イグナチオはオリーブ山の主が昇天されたあたりを何度も歩きまわり、ついに主がそこに立たれていた石を発見した。石には主の足跡が二つはっきりと刻印されていた。しかし番人は、石に近づくことを禁じたので、筆箱よりナイフをだして、彼にやることでやっと聖なる石に近づくことができた。ここからイエスは父なる主の設定された重みという障害を取り除かれ、風のように天高く昇った。さてイグナチオはそれで満足して帰りかけたが、二つの足跡のどちらが右でどちらが左かを見落としてしまった。そこで番人に頼み、今度は小さい鋏をあたえて石を見直した。イエスはエルサレムの方向ではなくて太陽の方向へ向いていたと判明した。イエスは光を発しつつ、荘厳に燃えるように昇っていき、やがて雲に隠れたのだ。

オリーブ山から、エルサレムの全景を見渡した。なんども、この全景を見るために山に登った。

右手にはユダヤ教の大小のシナゴーグが数多く見られた。左手の奥、城壁の外側にはダビデの城跡がその墓とともに見られ、その昔、エルサレムの市街地がそのあたりから発展してきた様子が想像された。あらゆる種類の土産物が店頭に並べられて、儲けを競っていた。二階の窓には人々が腐敗した肉のように並び、ゴルゴタに曳かれていく主の様子を見ようという欲望に眼を光らせていた。人々はイエスを嘲笑い、唾を吐きつけた。

ヴィア・ドロローサは、獅子門から奥へと延びて、ゴルゴタのあたりには、カトリック、ギリシャ正教、アルメニア教会の聖堂が肩を寄せ合っていた。ユダヤ教会やキリスト教の聖堂が低いところにまとめられているのに、イスラムの聖堂や金色のドームは神よりコーランを与えられたムハンマドが天に昇った高所に建てられていて目立った。この古い都市はユダヤ教、キリスト教、イスラムの聖地が集まっている。それぞれの宗教は建築様式が違っていて統一がない。壮大ではあるけれども、美しくはない。そこでわれは思う。エルサレムが、天から地上に下りてきた様子を生き生きと描き出した黙示録終章近くの文章が、統一と荘厳をそなえた聖都を限なく描き出していると。

われまたあたらしき天とあたらしき地とを見たり。これさきの天とさきの地は過ぎ去り、海もまたなきなり。われまた聖なる都、新しきエルサレムの、夫のために飾りたる新婦のごとく備えして、神のもとをいで、天より降るを見たり。また大いなる声の御座《みくら》より出るを聴きたり。観よ、神の幕屋、人とともにあり、神、人とともに住み、人は神の民となり、神みずから人とともにいまして、彼らの目の涙をことごとく、ぬぐいさりたまわん。今よりのち死もなく、悲しみも叫びも苦しみもなかるべし。さきのもの既に過ぎ去りたればなり。

黙示録のこのくだりは、何度も読んで覚えており、いや違う、読むのでも引用するのでも覚えているのでもなく、われの心そのものになっている。ある日、オリーブ山からエルサレムの全景を見下ろしていたところ、ダビデの墓の近く、最後の晩餐の家のあたりが金色に光り、その光がエルサレム全体に広がるのを見た、いや聖都全体が輝くのを非常な喜びでもって感じた。そう、エルサレムは喜びの都なのだ。それを感じた直後、エルサレムは輝きを黒い夜の闇に吸い取られて消えた。

この丘で感じた黙示録を、おのれ自身の心として世の人々に伝えたい。それは未来の宣教師として働く、自分の魂そのものになるのであろう。ああ、世の人々には通じない、わが心よ、黙示録よ。午後になるとまず一番にオリーブ山に駆けのぼるわれ、アントニオに、カスイ、お前はいつも走っている、という笑い声に送られて。

イエスの復活のあとの昇天とは別に、それを予告するかのような出来事を新約聖書は記している。イエスが、ペトロ、ヤコブとその兄弟のヨハネの使徒三人を連れて山に登り、不思議な姿に変容されたという、あれだ。

そのとき、イエスの衣服はにわかに真っ白になった。布のどんな晒し職人でもできないほどの白さであった。弟子たちが見ているとイエスはモーセとエリヤと三人で話している。やがて三人は高く上がっていき、雲の中に消えていった。すると、これは私の子、選ばれた者、これに聞けと言う声が、恐ろしいほどの力強さで響きわたった。モーセとエリヤは消えてイエスだけが雲から降りてきた。

三人の使徒たちの驚きを、さまざまに想像してみた。イエスが雲の中に入り、やがて見えなくなると、使徒たちは、暫し顔を見合わせた。あの方は、数々の不思議な事をわれわれに見せてくださった。多くの人々の苦しむ様を見ると、魔術のように苦しみを鎮め、病を治し、癩病の人に接吻して綺麗になおした。主がそういう不思議な業を見せるたびに使徒たちは、主は偉大な魔術師か、それとも神の子なのかと迷いつつ、主は何者であるのか疑い、しかし、最後には主の絶大な神秘を恐れるとともに尊敬する境地に導かれた。イエスが使徒たちに別れを告げるためにオリーブ山に登ろうと彼らに告げたのは、十字架の苦しみで死んだイエスが一度は黄泉《よみ》の国に下ったイエスが、復活して使徒たちの前に現れてから、さまざまな形の出会いがおこるので、その謎を、主だった使徒たちにあらかじめ解いて、使徒たちの心に疑惑を与えたまわぬためでもあったろう。

死後三日目に、マタイによればマグダラのマリアともう一人のマリアの目の前に現れたあと、ガリラヤの山において、十一人の使徒たちの前に姿を現した。使徒たちのなかには主の復活を信じられない者もいた。マルコによれば、まずマグダラのマリアの前に現れ、十一人の使徒たちが食事をしているところに現れた。ルカによれば、マグダラのマリア、ヨハネ、ヤコブの母マリアの前に天使が現れた。使徒たちはこの話を信じなかった。エルサレムの近くのエマオの街道を歩いていた二人の弟子は家のなかで初めてイエスと気がついた。

ともかく、死後三日経って復活したイエスに、多くの使徒は出会ったときすぐにそれと気が付かず、亡霊だと思った。そして、復活したイエスの描写も福音書によってさまざまに違っていた。ヨハネ福音書には疑い深いトマスという使徒が出てきて、ほかの使徒たちが復活したイエスを信じているのに、なおも信ぜず、われはその手に釘の痕を見、わが指を傷の痕に入れるまでは主の復活などは信じないと言い、主と気が付いたとき、イエスから、お前はわれをよく見たので、われを信じたな。しかし、見ずして信じる者はさいわいである、とたしなめられている。オリーブ山の使徒たちとの別れぎわに主は言う。
「聖霊があなたたちにくだれば、あなたたちは強くなる。エルサレム、ユダヤ全国、サマリヤ、地の果てまでも、わたしの復活の証人となる」と諭したイエスは、そのあと、地面をふわっと飛びあがると、ぐんぐんと高く昇っていき、雲を突き破って姿を隠した。

その預言の通り、弟子たちに聖霊がくだったのは、ユダヤ教の五旬祭の日（過越しの祭の五十日目）であった。突風が吹き荒れるような音が天にして、人びとが座っていた家じゅうに響いた。そして炎のような舌が分かれ分かれに現れ、一人一人の上にとどまった。すると人々は聖霊に満たされ、ほかの国々の言葉で話し出した。知っているはずのない異国の言葉を自在にあやつって、語りだしたのである。

いったいこの聖霊とはなにかが、それとの明らかな出会いのない者には、しかと理解しかねる。無論宗論として概念ではわかる。三位《さんみ》一体という宗論は日本にいるときから何度も教えられてきた。万物の創造主である御父の神、神の御一人子イエス、このお二人の神が人間に下される聖霊。これをなんどもなんども、説教で聞かされ、聖書を読まされ、ごく当たり前のこととして、聞いたり読んだりしてきた。しかし、神が聖霊を人間に下すのは、神がなにかの意図を持ったときだと思うのだが、その不思議な神の意図がいつ、なんのためにおこるのかが、われには理解できない。たとえば、五旬祭に起きたような神秘が現実の世におこったのはなぜか。

人間が祈ったときに、神が聖霊で答えてくださる。いつもそうであれば、これは人間が神と対話をするようなもので、わかりやすい。

長生きをしたいという欲望に燃えて神に祈ったところで、その翌日頓死することがある。その反対に、人生に飽き、死にたいと思って祈っても、いつまでも生きてしまう人もいる。神の側からおりてくる聖霊は気まぐれだ。

風はおのれが好む所に吹く。汝その声を聴けども、いずこより来たり、いずこへ行くを知らず。聖霊によりてうまれるものも、かくのごとし。

聖霊とは風だ。神の息だ。人の息でもある。しかし、人が神になったのではなく、神が人に、はっきり言って、人の魂に住み着いたのだ。

イエスが洗礼者ヨハネの手によって洗礼を受けたとき、曇っていた空に窓が開いたように光が流れ落ち、鳩のように軽やかな聖霊がイエスを明るく照らした。天から声がした。

これは、わがいとしい子、この子はわれを喜ばすであろう。

イエスはそのまま、風のように軽やかにヨルダン河から上がってきた。

新約聖書には、黙示録を別格とすれば、デウスの声が何回か聞こえてくる。しかし、イエスがその声を聴いたとは書かれていない。旧約聖書の預言者は、よく神の声を聴き、それを民衆に告げているのに、なぜかイエスは御父の声を聴いたとも、その御父の仰せを民衆につたえようともしなかった。この事実が、イエスと一般の預言者との大きな差である。御父と御子とは、人のような父と子の関係ではなく、同じ聖霊の二つの面なのかも知れない。イエスがエリヤとモーセと親しげに話した山に登って広々とした空を見上げながら、さわやかな風に心が清められる。が、そのさわやかさを人に伝えることはできない。それは、魂の奥底のひそやかな出来事なのだから。

五旬祭のときに使徒に聖霊が下ってから、使徒らはにわかに自信を持って伝道を始めた。まずペトロがユダヤ人の群衆に対して、彼の初めての説教を自信に満ちた言葉でおこなった。

「ナザレの人イエスこそ、御父の神の子でした。あなたたちが十字架で殺したイエスは、黄泉《よみ》の国から復活して、わたしたち使徒に聖霊によって大きな力をくださいました」

その発言のように、聖霊によって使徒ペトロは、不自由な脚を癒し、監獄に閉じ込められても、そこから難なく、自由な外に出てしまい、さらに説教を続けることができた。

イエスの誕生したベツレヘム、ヨハネにより洗礼を受けたヨルダン河、悪魔と戦った荒野。この荒野とはどこかで迷ったが、エルサレムより南の死海のほとりではないかとも思った。思っただけで、それが正しいとは言い切れないけれど、死海を訪れてみて、死を思わせる濃厚な塩水の湖こそは悪魔の好みだと感じた。塩の厚い層になっている地上には一木一草も生えていない不毛の地である。丘を登り、死海をはるか下に見た場所には草も生え、小鳥も啼き、となると悪魔の気配はなくなる。

イエスが集中的に説教したガリラヤ湖の周辺にも旅をしてみた。北にはハツォール、南西にはメギド、エルサレムの西にはゲゼル、この三つの要塞都市が目立っていたが、いずれも旧約聖書の時代のもので、興味をあまりひかなかった。すると新約聖書に記述されているイエスの生涯はエルサレムとガリラヤ湖の周辺の、狭く限定された地域の出来事となる。その地域の、しかも三十歳ほどの若者の説教が、きわめて奥深い真理であるとは、しかもエルサレムを出て、ギリシャ、ローマ、さらにはエウロパ、東洋諸国に広がる力を持つとは、なんという奇蹟であることか。

一六一九年五月末にエルサレムに来た。この聖都の隅々までを巡礼して回っているうちに半年あまりを過ごしていた。翌一六二〇年の新年を迎えてからは、この都を去って、早くローマに赴きたいと思うようになった。

まず、われも三十二歳になり、イエスの年齢に近づいてきたことがある。むろんイエスと自分を比べるなどという非礼を思ったのではない。おのれが、イエスのほんの表面のみしか理解していないという自覚が生じてきたのだ。この年月、聖書を何度も、その回数を忘失するほど何度も、読み、考え、祈り、そう本当に必死に祈ってきたけれども、所詮は浅はかな若僧の思い込みに過ぎないという自覚に行き着くのであった。ローマに行き世界最高のコレジオで神学を学びたい。今のわれの行き詰まった、固い暗黒の道が、光で照らされ、すっぽりと向こう側に抜け出たい。どうかお助けください。イエスを学ぶ神学者の皆様。空虚な墓の石を取り除いてください。

とんだせっかちだ。この聖都から、行きたい所に早く行き着きたいとあせっている。いまや一刻も早くローマに行き着きたいとあせっている。


ローマへの旅の情報を蒐集し始めた。

船で行くのが一番の早道ではあると思った。しかし、巡礼宿から貰うわずかな給金は、エルサレムと周辺地域の路銀に潰えてしまい、船賃にはならない。

そこで船員になって働きつつ旅をしたいと思い、海辺の町をほっつき歩いた。ティルス、プトレマイス、カイザリア、シドンなどの港町であるが、どこの町でも、船員になりたがっている地元の者が多く集まり、競いあっていた。東洋人などは邪魔者扱いで、彼らの集団から弾き出される、時には罵声で追われるのが落ちであった。

報告を受けたアントニオ修道士は、

「カスイはよく働いてくれたのに、報酬が少なくて申し訳ない。あの金額では到底路銀には不足であろうからな」と頭をさげた。

「いや、違います。すこしでも金があると旅に出て使い切る、自分の責任です。それに、海であろうと砂漠であろうと、旅費を稼ぎながら旅をする術をわれは心得ております」

ダマスカスまで歩き、そこで隊商に駱駝曳きとして雇われてイスタンブールに行き、さらにバルカン半島の南部を歩いてイタリアに行く計画を立てた。

二月になって急に寒風が吹き出し、何か不吉な気分に襲われた。そしてある朝、目覚めると雪が降っていて、アントニオは、この都で長い年月を経たが、このような珍事は初めてだと驚いていた。そういわれてみれば、聖書、とくに新約聖書にも雪の描写は見られない。イエスが逮捕された夜は、ことのほか寒く、ペトロが大祭司邸の庭でたき火にあたっていると、女中に、「ナザレのイエスのそばにいた弟子のひとりだ」と言われたと記されている。あの時も雪は降っていなかった。

異常な寒さのせいか、ディエゴ神父が急に衰弱して息を引き取った。何かこの寒い日を待っていたかのような唐突の死であった。アントニオとわれとは遺体を洗い清め、簡素な葬儀を行い、地下室の墓地に葬った。墓地には数十体の古い石棺が並び、われらの祈りの声はディエゴ神父の新棺からそれらの旧棺に響きわたるように思えた。

この巡礼宿は、最盛時には数十人の旅人を泊められるほどの大きさがあった。個室も十ほどもあって、今はアントニオとわれの二人だけが住み人であった。賄い係りとしてパレスチナ人の婆さん二人が通いで働いていた。ふと思ったのは、われが去ってからは、誰が掃除洗濯の仕事を受け持つかという心配であった。アントニオはここ数ヵ月のあいだに急に老けてきて、秋口の夕方、階段を踏み外してから、歩くのも困難になった。で、個室に投げ込まれたがらくたから、われが探し出した古びた木製の杖を突き、背を丸め脚を引きずって歩いていた。

葬送のミサには、近くの教会より十何人ほどの神父や修道士が来てくれた。ギリシャ正教、アルメニア使徒教会、シリア教会などの東方教会の人々である。髭を伸ばし、質素な身なりだが、深い信仰を思わせる、荘重な身のこなしであった。アントニオ修道士は、にわかに生き返ったような、よく通る声で、ミサを司式した。帰天当日、三日目、一週間目のミサを立派に仕上げたのだ。

人々が去り、われら二人となったとき、アントニオはわれに二種の手紙を差出して、これを届けてくれるようにと言った。

「一通は、イタリアはアッシジの、聖フランチェスコ大聖堂の中にあるフランシスコ会本部宛てだ。わが巡礼宿の館長が帰天した。後任者を任命して、赴任させるように要請してある。館長の補佐として、修道士一名も要請してある。

もう一通は、ローマのイエズス会本部に宛てての、カスイ、お前の推薦文だ。巡礼宿の雑用、とくにディエゴ神父の看病と汚物処理などを、お前は献身的にやってくれた。また熱心に真面目に巡礼生活を送り、朝夕の祈禱も厳密に行い、エルサレムのあちこちの聖地を訪れた立派なキリシタンであると、以前自分が親しくつきあったイエズス会士のマスカレニャス神父に宛ててある。われの推薦など、たいした効力はないかも知れぬが……」

われは、アントニオの書いた二通を受け取り、「アッシジの件は重要と思うし、ローマへの推薦文は過分だと思うが、アントニオ、あなたの善意は嬉しいので、受け取ります、しっかりと届けます」と言った。

アントニオはなおも、小さな布袋を取出して「これはわずかだが、アッシジまでの手紙の運び賃だ。ローマまでの分は出せないのを許したまえ」と恥ずかしげに言った。

自室で袋を開くと、かなりの額の銀貨であった。われはアントニオの志を心から嬉しく思った。

数日後、二月中旬、われは聖都エルサレムを旅立った。シリアの首都、ダマスカスは数多くの隊商の集散の地として聞こえている。つい最近までの雪も寒気も去り、連日の春めいた好天気、こういう時こそ、人は動き始めるもの、イスタンブールを目指している隊商に出会うことができると予想した。

シリア砂漠の街道、かつて心を躍らせつつ南下してきた道を今度は北上する。目指すは大都ローマである。まだまだ遠くにあり。されどせっせと歩けば、歩くだけで、確実に到着できるローマである。

まず十日の徒歩の旅で、ダマスカスにたどりついた。城門をくぐって広場に行くと、夥しい駱駝が地べたに這いつくばっていた。よく訓練されていると見えて、鳴き声一つも聞こえず、当初は死体置き場かと思ったくらいである。駱駝曳きたちは白の制服に茶の裾着《すそつき》でターバンを頭に巻いている。そうでない人びとが仕事にあぶれた人たちであろう。

どの隊商に雇われたらいいか、われは焦ったが、右往左往するのをやめて城壁の片隅に立ち、ただ一心に祈ることにした。この地でサウロの回心がおこった。あの出来事をわれは、細部にいたるまで思い出していた。そしてサウロに聖霊を送ったイエスを賛美した。が、自分がキリスト者であると見破られぬために、十字を切るのだけはやめた。他人に怪しまれぬように、不動の岩のようになって、目をつぶり、おのれの魂の奥底の闇に浸り、そこに希望が星のように輝き出すのを待った。

「おいおい、日本人の野郎じゃないか」

と呼びかけた男の声に目を開くと、一人のシナ人が立ってこちらに瞬きをしていた。あの人だった。ゴアからグジャラート人の船にともに水夫として乗りこみ、駱駝曳きをして砂嵐を経験した旧友であった。海千山千の、しかし、親切なシナ人であった。笑顔が近づいてきて口を開いた。

「イスタンブールに行きたいのか」

「そうだ」

「それなら、ちょうどいい。現在、吾輩の所属する隊商に紹介してやる。十日ほどまえの寒気で数人の駱駝曳きが砂漠で倒れ、駱駝を御す人をさがしている。おまえのように筋骨隆々たる男なら、一人で二、三頭の駱駝をあやつれると紹介できる。今、隊長の所に連れていく。吾輩の古くからの友人だと紹介してやる」

シナ人はわれわれを総隊長の所に連れて行った。長いひげのアラブ人であった。友の斡旋はうまく成功して、われわれは雇ってもらえた。われわれが感謝すると、シナ人は手を振って、国も人種もいろいろの駱駝曳きのなかに、姿を消してしまった。ともかくもわれわれの祈りは通じたと、神に感謝した。

ダマスカスの北の町、アレッポには、オスマン・トルコと外交関係を保っている国の外交団が、それぞれの流儀で変わった建物を建てて住んでいた。したがって、街にはさまざまな言語が語られていた。トルコ系、アラブ系、シリア系、ユダヤ系、ギリシャ系……まるで五旬祭の時に聖霊が下って、人びとを異なった言語で語らせたように。

すぐさま、模範的な駱駝曳きに変化《へんげ》した。二頭の駱駝を見事に手なずけてみせ、総隊長のアラブ人から姿形《すがたかたち》がよいと誉められ、先頭近くの集団に入れと抜擢された。

アレッポから砂漠を少し歩くと、ゆるやかな山岳地帯に入り、アダナ、アンカラ、ブルサという都会を通った。この山岳地帯は、砂漠に比べると、澄んだ風が気持ちよいし、たえず変化する景色が美しいし、緑が春の到来を告げているし、労働によって体を温めているわれにとっては安楽な旅であった。

ブルサからは海岸を歩いて、難なく首都のイスタンブールに着いた。

かつて東ローマ帝国の首都コンスタンチノープルだった時代に様々なキリシタンの教会堂

が櫛比《しっぴ》し、デウスとキリストを讃えていたのだが、今はオスマン・トルコ帝国がすべてをイスラムのモスクに作り替えていた。聖堂内壁のモザイクによる金襴豪華な壁画は、偶像とみなされ、厚い石灰壁により、塗りこめられていた。そして、宝石で装飾された祭壇や戸棚は粉々に破壊されて、聖堂は広々とした床だけの、つまり簡素な祈りの場になっていた。

このモスク前の広場で、隊商は一応解散の式を行った。往路だけの契約である駱駝曳きには庭で給料が払われた。復路も契約した人々には、土産物や首都での滞在費だけが渡された。こうして自由の身になったわれは、巨大なモスクや地下宮殿や運河や市場を見物して歩き、いつもの癖で、地図を買い求めて回り、バルカン半島、アッシジ、ローマの精巧な地図を入手した。

こうして見物しながら歩くうちに、イエズス会の事務局を捜しあてた。建ち並ぶ家々の中に「イエズス会事務局」とラテン語で記した銅版のある一軒があったのである。鉄の扉を押すと簡単に開いたが、沢山の書棚がわれを遮った。扉を開いたときにイタリア語が聞こえたので、迷路を探し回ると奥の一郭に机を挟んで喋っていた二人の人物に出会った。イタリア語はかなり話せるようになっていたけれど、われは正確な表現を求めて、ラテン語で話しかけた。

突然出現した見馴れぬ東洋人からラテン語で話しかけられて、二人は目を見張ったが、極東の島国、日本国の人間で、砂漠を歩いてエルサレム巡礼を果たし、今はローマのイエズス会本部を訪ねる旅をしていると言うと、二人は微笑みを友好の表情と混ぜて、われの話に耳を傾けてくれた。

二人ともイエズス会の神父で、われと同年配と見えた。日本人にキリシタンの宣教を最初に始めたフランシスコ・ザビエル神父の名前と業績をよく知っているし、日本と日本人について書かれた彼の書簡集を愛読したとも言った。そこでわれとの会話は、きわめて温かい交流の場となった。ただわれがイエズス会経営のセミナリオでラテン語を習ったと言ったときに、われが司祭でも修道士でもなく、ドウジュクだと言うと、その身分がどういうものかを分からせるのが難しかった。

「セミナリオでの教育を修了した時、イエズス会に入会する仮誓願を立てました。それから十四年経ちましたが、われはまだドウジュクの身分のままです。日本人が正式のイエズス会士になるのは難しいのです。そこでローマのイエズス会本部に行き、叙階に必要な勉強をして、司祭になりたいと思っているのです」

われのローマへの旅の目的を二人はやっと理解してくれた。われは宿泊所に案内された。体を洗い、髭を剃って人心地がついた。そのとき、ずっと昔、有馬のセミナリオで読んだザビエルの書簡集を思い出していた。数ある書簡のうち、彼が鹿児島で記した、有名な『大書簡』の文言をわれは暗記していた。

「日本人は親しみやすく、善良で悪意がない、人の心の高潔を尊び、驚くほど名誉心の強い国民で、ほかの何よりも名誉を重んずる」

二人の神父はザビエルの日本における宣教の歴史に詳しかったし、最近の徳川幕府のキリシタンへの迫害と追放の事実にも通じていた。日本に近いマカオの巡察師ヴィエイラが日本人を差別し放逐していたのに、日本より遥か離れたイスタンブールの神父たちが日本人の信仰に好意を持ち、キリシタン迫害に同情を持っているのだ。そこにイエズス会の際立った気風、ローマを中心とする宣教の仕方があるとも言える。極東の日本における出来事は、なるべくすべてをローマのイエズス会本部のしかるべき司祭に報告する、われの行った九州における殉教の事実の報告もローマに向けて送られたではないか。モレホン神父が重んじたのも、この中央への報告書の作成であったのだ。

すべてはローマで始まり、すべてはローマに帰る。今、ローマでおのれを鍛えローマから故郷の宣教に帰ろうとしている。実にはっきりとした道筋である。現在、われはローマから招かれている、この意識こそ旅人を勇気づけた。

対話を交わした二人の神父は、うわべは事務員らしい仕草で、訪問客の宿泊や観光の世話をしていた。が、彼らの本当の仕事は、オスマン・トルコ帝国の政治の実態を調査することらしかった。それは彼らの話題が、帝国の軍備、周辺の敵対国、ラヴェンナやヴェネチアなどのビザンチン都市との関係に移りやすいことから、推測された。

ここからローマに行く方法を教えてもらった。海路ギリシャの複雑な列島を抜けて行くよりも、陸路を歩いて行くほうが簡単だとも教わった。そのために必要な身分証明書を彼らは作ってくれた。


一六二〇年五月初旬、われはイスタンブールを出発した。

まずセルビアのベオグラードを経て、クロアチアのザグレブからイタリアのトリエステに向かう。約二四〇レグア（一、二〇〇キロ）の徒歩でヴェネチアに着く。

あこがれのイタリアに来た歓喜の思いとともに歩いている。アントニオの教授のおかげで旅人や路傍の露天商との会話に不自由はない。出会う人々が同国人のように懐かしく思える。目指すのはアッシジとローマだ。脚は軽く、つい早足になり、自由自在に飛ぶ小鳥になったように朗らかな気分になった。

水の都、ヴェネチアを見たいとの思いはあったが心急き、運河や橋やゴンドラ船を遠くに見ただけで先を急いだ。

アッシジに来た。街道より、朝日に輝く丘の上の聖フランチェスコ大聖堂を仰ぎ見たときには、心躍った。マニラ、マカオ、ゴアで大きな聖堂を見て驚いていたが、アッシジのは桁違いの巨大さだ、高さだ、美しさだ。近づくにつれて大聖堂を守るかのようにその周囲に犇《ひし》めく街がせりあがってきた。民家、修道院、教会堂が隣り合っている。石畳の坂を登る。石畳の並べ方と硬さと堅固さで長崎のトドス・オス・サントス教会前の坂道を思い出し、遠くに来つるものかなと感慨ひとしおであった。

大聖堂入り口で門番の会士に来意を告げた。ラテン語がなめらかに走り出た。すぐに事務所らしき部屋に通された。アントニオ修道士の手紙を手渡す。やがて応接係りの神父が現れてわれに握手した。

「エルサレムから来られたのですな。長途の文使いご苦労さまでした。ヴェネチアに上陸されたのですか」

「いいえ、陸路を歩いて来ました」

「陸路を？　それは大変でしたな。あなたは東の果て日本国の人、敬虔なカトリック教徒で、なによりです」

寄宿舎に通された。ベッドも飲用水も体を洗う水と盥も用意されている。着衣を洗いたいと思ったらフランシスコ会士の修道服一着が提供されてあった。暗褐色の服、白毛の紐帯、帯に潜めるロザリオ、素足用のサンダル。

行水、洗濯。食堂で昼食。最前の神父が現れ大聖堂の中を案内してくれた。まずは地下の聖フランチェスコの墓に詣でる。彼の会服は小さい。背の小さい人であったと知る。

その人に興味を覚える。大聖堂は上下二つの教会堂になっていて、壁はジオットの壁画で飾られている。小鳥に説教する聖人の図、に感服する。

しかし、二日目には、大聖堂にも飽きてきた。いや一刻も早くローマに行くべきだという思いが迫ってきて、旅人を追い立てた。


アッシジに別れを告げ、街道を一路大都に向かう。ボローニャ、フィレンツェ、シエナ、有名な町々を見物したい欲望をおさえ、横目に眺め、街道を踏みしめ、あしばやに進み、あこがれの地ローマを目指す。

五月、春たけなわである。陽光は石に温かく飛び跳ねた。大都ローマが近いのであろう。道を行く馬車や荷物を山盛りにした牽き車の数が多くなる。やがて松並木の広い街道に導かれる。日本の松は曲がりくねって、それぞれ趣のある形を持ち、葉が左右に広がり、ひとつひとつが趣を異にした風情だが、枝が横に伸びているので、並木には適さない。ところがローマの松は幹一本が垂直に伸び、その上のほうに松葉の塊が乗っているようで、松並木が街道の道しるべになっている。

6　大都ローマ

日は傾き、松並木は梢のあたりを黄金色に輝かせ始めた。ローマの郊外で働いていた人々が帰ってきたのであろうか、群衆が黒々とした列となって流れこんでいく。おそらくは耕地の土の匂い、草の匂いらしきものが漂っている。ポポロ門が迫ってきた。円形の穴の向こうに、まるで別世界が見えてきた。大小の教会堂や塔が、残照の破片に飾られて、煌びやかに、誇らしげに建ち並ぶ。これぞローマ、これぞイエスの大都、これぞ約束の地である。

昔、三十五年前のこと、一五八五年三月に天正の少年遣欧使節の一行がこの地をおとずれ、大勢の出迎え、盛んな拍手で迎えいれられたという事実を思う。委細はマカオで原マルチノ神父から聞いていた。彼らは華やかに到着したのだが、今、われは天涯孤独で誰一人出迎えてはくれない。しかし、日本を一六一五年四月、マニラへ渡るエスパニアの快速船に乗ってから、現在一六二〇年の初夏、五年間の大旅行であった。この長い巡礼の旅も今、終わろうとしている。躍る胸を押さえて十字を切り、われはひたすら主イエスに感謝した。

イスタンブールで求めたローマの地図には、現在存在するあらゆる教会とキリスト関係の大学や文書館、イエズス会をはじめ、大小すべての会派の事務所や修道院が正確な描写で表現され、印刷してある。これらの下絵を描くだけでも、なみなみならぬ観察眼と画才が要るであろう。そして印刷のすぐれた技量が要るであろう。神への奉仕とはいえ、これほどまで精緻な地図をつくりあげたイエズス会士の才能と根気に、われは感嘆し頭をさげる。ついに、われは入会をあこがれているイエズス会の総本部を訪れるのだ。マカオで日本人同宿を嫌い、差別していた巡察師ヴィエイラはローマの本部にむけて、日本人は無能でわがままで長上に反抗するから御注意あれという書簡を執拗に何通も書いたことであろう。がその圧力に抗して、われは、ついにあこがれの大都に辿り着いたのだ。

街を歩く。地図に赤い矢印のついた名高い聖堂や宮殿や修道会、大噴水、大広場、それにCancelleria は文書館と訳すべきなのかな。と、凱旋門がぬっと立つ巨人のように現れた。この豪華な建造物の陰に薄汚れた貧民街が続いている。そこに地図には名前もない小さな教会堂がある。ちょっと休ませてもらいますよと、われは教会の鉄扉、いや木戸を押したが鍵がかかっている。やむなく、われは教会の柱に背を支えさせて、地べたに足を伸ばした。

ローマ近しと思い、右に有明の月を望みながら南に向かってせっせと歩いた。ついに、われローマに到着せり！　の歓喜で、通りを縦横に歩きまわり、噴水で水を飲んだものの、パンもなく、空腹と寝不足で疲れ果てたわれであった。眠い。

誰かに肩を叩かれたと思って、われは目覚めた。黒衣の神父らしい人が目の前に立っていた。後ろには白衣の子供が二人侍っている。神父は身分のある人らしく、整った面長な顔に緑色の瞳、それが気持ちのいい微笑となって、こちらを見つめていた。年の頃、四十歳過ぎか。

「おお、生きておったか。ほら銀一枚をあげる。なにか食べよ。お前は餓死寸前に見えるが、元気を出せ。なにか食べて元気になって生きよ」

なめらかに流れる、イタリア語であった。われは起き上がり、両手をついて立とうとしたが、下半身は眠りから覚めず、這いつくばった。神父がわれを餓死寸前の乞食とみなしている、そのままの形になってしまった。仕方がない、われは胡坐を組んで、相手を見上げ、イタリア語でゆっくりと話した。

「われは乞食ではありません。東洋の日本国から来たキリスト教徒の旅人です。いや、すみません、イタリア語がまだよく話せないので、ラテン語で話します。われは極東の島国、日本国から来たイエズス会の同宿です。同宿とは日本におけるイエズス会の位を示します。修道士の次の位です。われの名前はペトロ岐部カスイと申します」

「おお、驚いたのう」と神父はラテン語で叫んだ。「乞食ではなく旅人で、シナ人ではなく日本人で、イタリア語が不得手だがラテン語は流暢に話すとなあ。いったい、そのラテン語をどこで勉強したのだ?」

「日本にあるイエズス会経営のセミナリオで学びました」

周囲が騒がしくなった。どこかの外国の、汚い乞食が、二人も供を連れた身分の高そうな清潔な神父と、なにやら難しいラテン語らしき高等言語で話しているのが、珍しい事件と見えたものらしい。十数人の男女がわれらを取り囲んでいた。神父はわれに、「立てるか」と問い、われが立って頷いたのを見ると「後をついてこい」と言いおいて、足早に歩いた。そのあとを、白衣の子供二人が走り脚で追った。最後尾をわれは大股に歩いた。神父を追う一列は、近間の建物に入って行った。とある一室に収まった。応接間らしい調度だ。

「わたしは、イエズス会の総会長補佐のヌーノ・マスカレニャスという神父じゃ。お前の名前を教えよ」

「さっきも申しましたとおり、ペトロ岐部カスイです」

「それではお前を、カスイと呼ぶことにしよう。日本から来た日本人だとな。便船で来たのか」

「インドのゴアまでは便船で来ました。ゴアから先は、グジャラート人のジャンクの水夫となって、アラビア海を航海して、ホルムズ島へ行き、ペルシャ湾を便船でウブッラまで行き、そこからは駱駝の隊商に雇われて、ダマスカスまで行き、さらに歩いてイスラエルまで行き、エルサレムを中心にイエス・キリストの足跡を辿って、聖地巡礼をいたしました。宿はフランシスコ会の巡礼宿にとまりました。聖地の巡礼をしてから……」

「ちょっと待ちなさい、さらに陸地を歩いてこのローマまで来たのか」

神父はわれの顔を射通すように見つめた。われはその目付きから、自分の旅が驚きとともにわずかながら讃嘆でも飾られていると思った。

「いったい日本国を出てから、どのくらいの年月がかかっている?」

「祖国を出てより五年の歳月がかかっています」

「ゴアからは大抵は大型のナウ船に乗るものだが……ま、お前のようにジャンクや隊商で働きながら、自力でローマまで歩いて来るような男に出会ったのは初めてだ。旅の話や日本の状況については、追々に話してもらいたい。この本部の近所にはイエズス会士の宿泊する家がいくつかあるので、お前にも適当な小部屋があるから、そこで寝泊まりするがよい」

神父は白衣の少年にわれを宿舎に案内するように言いつけると、大きく頷いて部屋の扉に向かった。われは感謝の言葉で彼を見送ったが、ふと忘れていた用事を思い起し、神父の前に飛んでいった。

「すみません。急いで報告いたすべきを忘れておりました。日本で殉教したマティアス七郎兵衛の聖遺物、彼の右手の中指を持ってまいりました。この殉教者はモレホン神父様も御存じの、立派な方です。長崎のトドス・オス・サントス教会墓地は徳川幕府の奉行が掘り返して荒らす恐れがあるので、殉教者の遺体としてはこの指だけが残りました。われはこのローマの墓地に弔っていただければと、はるばる運んでまいりました」

「おお、殉教者マティアス七郎兵衛については、モレホン神父の詳細な報告書を読み、わたしは深い感銘を受けた。おのれの命を捧げて多くのキリシタンの命を救った人であったな。もちろんこの聖遺物を手厚く葬ってさしあげよう」

神父は神妙に指の小箱を受け取り、捧げ持った。われは呟き込むように言った。

「モレホン神父様は今ローマにおられるのですか」

「モレホン神父を知っているのか。彼は三年前にメキシコ回りでローマに来た。そのとき、将来出版する予定の『日本殉教録』の草稿をわたしに託した。すぐ読んで、残忍なキリシタン弾圧がお前の国で行われていると認識した。マティアスはある日本の若者の調査で詳細が判明したと……その若者の名前は」

「ペトロ岐部カスイ」と神父とわれは同時に言った。

神父はぐっと手を差出した。その大きな手に、われの手は包まれた。

「いや、素晴らしい邂逅である」と、神父は緑の宝石のような目を輝かした。急に言葉づかいが丁寧になった。「してみると、九州という小島の殉教者の記録は、あなたが集めたということですか」

「いえ、その小島の殉教者の全部だとは思いません。モレホン神父様はわれのほかにも、殉教者の記録を集めるために、若者たちの手助けを頼んでいました。中にはエスパニアの若者もいました。九州は小島と言ってもかなり広い島ですから。ところで、われはモレホン神父様にお会いしたい。それは可能でしょうか」

「彼は忙しい人、忙しく働く活発な人です。今、エスパニアのマドリードにいます。あそこのイエズス会文書館で日本から送られて来た最近の書簡を読むためにです。いずれはローマに帰る予定だから、その折にはあなたに会うように手配しておきましょう」

「すみません、もうひとつ神父様にお渡しするものがありました。エルサレムのフランシスコ会巡礼宿の管理をしているアントニオ修道士の手紙です」

「おお、アントニオ、よく知っている。昔、アッシジからローマに旅してくるたびに訪ねてきた男です。わたし宛の手紙だと、ありがとう」と神父は受け取った。われはちょっと面映ゆい思いであった。もちろん手紙の本文は読んでいないが、それがわれの推薦文だとは知っていたからだ。

「ところで、あなたの宿泊所は、わたしが直接案内することにします」と神父が言った。つまり白衣の少年の仕事を総会長補佐役のマスカレニャスがじきじきに代行すると言うのだ。

通されたのは、われが知っているゴア、エルサレム、イスタンブール、アッシジの宿泊室とはまるで違う部屋であった。無論、豪華絢爛というのではない、簡素であるが、どこかゆったりとした空間に、どっしりとした寝台があり、別室に便所が備わっていた。廊下伝いの近間に礼拝堂があり、早朝と夕刻にミサが開かれるという。

そこはイエズス会の用事で遠路をローマに旅してきた人々の宿泊所であった。早朝のミサに出席する以外は何も強制されなかった。食事時には帰ってきたが、市中を歩いてあちらこちらと見学をして回った。数日の見学ののち、この大都の見学は果てしのない奥深いものだと知って志を変え、文書館に通ってひたすら読書に励むことにした。

これからのローマでの生活を思うと、まず語学の勉強とくにラテン語の勉強に励む生活こそ好ましい。ラテン語の日常会話は得意であるものの、神学で多用される抽象語についてはい語彙が貧しい。その点についての自己判断と勉強の方針をマスカレニャス神父に質問し、読むべき書物や文献を教えてもらう。一度方向が定まると勉学に没頭した。

しかし、勉学に没頭しただけではない。ある夜のこと、いったいどのくらいの距離を船と徒歩で移動しつつ、ローマに来たのだろうかと考えていた。これまでに集めた地図のなかから、正確な測量によると思われるものを選びだし、定規を地図に当て、地図に印刷されている縮尺を使って距離を測定。これは中々の大仕事であったが、始めてみると興味のある内容なので、夢中になった。

まず船旅である。長崎からマニラ、マニラからマカオ、マカオからマラッカ、マラッカからゴア、そしてみずからの航海術で関与したゴアからホルムズ、ホルムズからウブッラだ。船旅の総計は二九〇〇レグア(一四、五〇〇キロ)であった。

ふーむ、と大きく吐息した。大分船のお世話になっているわいと、わざと自分に感心してみせたのだ。では、徒歩ではどのくらいになるであろうか。

ふたたび夢中になって距離を測った。ウブッラからダマスカス、ダマスカスからエルサレム、エルサレムからイスラエルの国内旅行(死海、ガリラヤ、特にイエスの説教の多かった山々)、イスラエルを去ってイスタンブール、そしてイタリアに入ってから、ヴェネチア、ついにローマ!

歩いた距離は総計七六三〇レグア(三八、〇〇〇キロ)。

祖国日本から、地球の裏側のエウロパについに到達したのだ。こうした自己満足で疲れ果て、倒れるようにして深い眠りに入った。

勉強に飽きるとローマの市中を歩いた。特に好んで歩いたのが聖ペトロ大聖堂のあたりで、感嘆しつつ拝観したのがシスティナ礼拝堂のミケランジェロの壁画であった。大聖堂の日曜日ミサに出て聖体拝領するのを、大変な誉と思った。が、エウロパの国々からの信徒たちの大群に阻まれて、しばしば聖堂内にはいられぬことがあった。そういうときは、その付近の丘に登り、ローマ市内を上から見物することにした。それは壮大な眺めであって、エルサレムの全景に驚いていたのが、それよりもはるかに巨大な市街と夥しい教会堂と天にそそり立つような塔を持つローマが、この永遠の都そのものがたった一人の人間イエスの奇蹟が生み出した大都に思えた。ああ、主イエスは人間ではありえない、神である。

ある日の午後、文書館でラテン語の新約聖書を通読していると、誰かに肩をたたかれた。振り返ると、ペドロ・モレホン神父の丸い笑顔がわれを見下ろしていた。

「懸命に勉強していて、えらい、えらい」と日本語であった。

「ああ、神父様、おひさしぶりです」と日本式のお辞儀をした。モレホンに手招きで文書館の外に誘われた。厚い石造りの館内は涼しかったが、外の風は暑かった。ふと、長崎のトドス・オス・サントス教会から抜け出たときの日光の輝きが連想された。なにかが欠けている。そう、熊蟬の大合唱だ。あれから六年、六十歳近い神父の顔には、めっきり皺が増えていた。しかし日焼けした笑顔は、夏の日の中を精力的に歩く人の顔であった。

二人は文書館の中庭のベンチに腰かけた。そこは日陰で、意外なほど涼しい風に洗われていた。

「岐部カスイよ、あなたがマカオから送ってくれたミゲル高麗の殉教の記録を、わたしはマドリードの文書館で受け取った。あれはガブリエル・ゴンザレスという修道士と二人で行った調査なのだな。よく、あそこまで踏み込んで事実を調べ、あのような奇蹟の麦をのこした人物を描いてくれた。ミゲル高麗は立派な殉教者だ。不思議の麦は奇蹟として認定されるであろう。それから、ヌーノから、そうヌーノ・マスカレニャス神父からマティアス七郎兵衛の中指を聖遺物として、あなたが遠路はるばる運んできたとも報告を受けた。あの指はイエズス会墓地に葬ることに決まった。十一月の諸聖人の祝日に、新しき殉教者として祈りをささげて祭ろうと思う」

「ありがとうございます。マティアスの殉教をお認めくださり、心より嬉しく思います。はるばる日本からあの指を運んできた甲斐がございました」

「ところで、あなたは一六〇六年、有馬のセミナリオで教育を修了したとき、イエズス会に入会希望の仮誓願を立てているが、今でもその願いを持っているのだな」

「はい」と頷いてから、不思議な思いを表情に滲みだしながら、神父に言った。「ずいぶん昔の仮誓願ですが、今でも有効でしょうか」

「生きているあなたが、撤回なさらない限り有効ですよ」と神父は笑顔で頷きながら付け加えた。「ここはイエズス会ですよ。一度正式の書類に認定された事柄は、あなたの同意なしには撤廃されません」


それから二週間ほど経って、秋風立つというような涼しい日、ヌーノ・マスカレニャス神父の使者により、イエズス会の大聖堂、ジェズス教会の香部屋《こうべや》（自室）に呼びだされた。いつもはイエズス会本部の事務室付属の応接室に、訪れたり呼びだされたりするのが常であったのに、この召集は事々しい。それに神父は白い礼服を着ているではないか。

「あなたは今でもイエズス会に入会したいと堅く思っていますか」

「はい、堅く思っております」

「ではその覚悟を証明するために、試験をしたいのです。一日に一つの試験です。先ず、新約聖書のイエス・キリストについて、イエズス会初代総会長イグナチオ・デ・ロヨラの著書について、どれほどの理解でもって黙想しているか、だ。第二にラテン語の能力。第三にポルトガル語の能力、第四にイエズス会に入会する熱意について、数人の試験官の問いに答えることとです」

われわれは神父の提案をすべて受け入れることにした。試験はひと月後、十月上旬と告げられた。このローマに来てから、自分が文書館でしていた読書生活は、まさしく試験の準備そのものであったと気が付き、安堵のうえ、安心して今まで通りの生活を続けた。

十月上旬、予定通りに、試験が四日間にわたっておこなわれた。第一日はイグナチオの諸著作についての細かい黙想の内容を問われたが、すでに日本の府内のセミナリオにおいて、毎日講義がおこなわれ、これが四週間単位で何度も行われると、年に一回黙想で繰り返されたので、現在、イエズス会士の暗記すべき詳しい内容はすべて暗記していた。さらに、イエズス会の文書館でイグナチオがエスパニア語で書いた本のラテン語訳をなんども、ラテン語の勉強のためにと思って読み、それをラテン語で暗記していた。

二日目のラテン語、三日目のポルトガル語の試験。解答は筆記の提出。

四日目には数人の神父がヌーノ・マスカレニャス神父を中心に左右に居並び、交代で質問してきた。とくにどういう動機でなんじがローマまで旅をして、神父になってなにをしたいのかという具合に動機と目的について尋ねられた。神父になり、迫害にあえいでいる日本に戻り、信徒たちの、信仰の盾になって働きたいと答えた。しかし、殉教によって自分の信仰の喜びを全うしたいという希望は内に秘めた。殉教者とおのれを呼ぶなどだいそれた望みだと思ったからである。

その日のうちに合格の宣告がマスカレニャス神父から伝えられた。

数日経って、叙階の日程が告げられた。

半月後の予定である。記述する先に言っておくが、これらすべては厳格に予定通り行われた。

一六二〇年十月十八日　日曜日　剃髪式

十月十九日、二十日、守門（Ostiariatus 門番）と読師（Lectoratus 司祭の助手）の下級聖品を受けた。

十一月一日　サンタ・マリア・マジョーレ教会の香部屋において、イテリウム名義司教パウロ・デ・クルテ神父から副助祭の聖品を受けた。この教会堂は巨大なカテドラルで、その香部屋は赤い絨緞を敷き詰めた豪華な大きな部屋であった。式が終わると、司祭と副司祭は服装を整えた。初めて着る新しい祭服の香の匂いが晴れ晴れしかった。本堂に出ると祭壇の前には、赤い椅子に大勢の信徒たちが腰かけて待ってくれていた。この巨大な聖堂でミサが始まった。司祭の補助を生まれて初めて務めることができた。信徒たちが、叙階を心から祝ってくれていることが、みんなの微笑みから暖かい風となって頬を撫でてくれた。赤い聖堂そのものが、にこやかな色で祝ってくれた。

輝かしい夢のような時が過ぎ去っていった。十一月八日　日曜日　サン・ジョヴァンニ・イン・ラテラノ教会、すなわち、ローマ教区の首座教会、教皇の教会の香部屋において、助祭に、さらにその一週間後十一月十五日に司祭に叙階されることになった。なお、この香部屋は、十五世紀のゴチック式聖堂であった。

普通の教会堂においては香部屋とはミサの時に神父が祭服に着替える小部屋であるが、サンタ・マリア・マジョーレやサン・ジョヴァンニ・イン・ラテラノのような特別巨大なカテドラルにおいては、香部屋は、それ自体が教会堂と呼べるほどの大きさと機能を備えていた。

普通であったら、数年はかかる叙階の階段をわれは、ほぼひと月で駆け昇ったとは、司祭に叙階された直後、モレホン神父が言った祝福の言葉である。

しかも、十一月二十日にはイエズス会に入会することが許可された。そうして、クイリナーレの聖アンドレア修練院で修練を始めることを命じられた。この時われはすでに三十三歳になっていた。イエズス会士になろうと志を立ててから、十四年の忍耐の月日と、海陸の遥かなる旅と、度重なる巡礼とがあった。

入会許可のときに提出する「由緒書きおよび召命に対する小報告」には家族や出身地や告白を正直に書き記した。

「一、名前はペトロ・カスイ、父ロマノ岐部と母マリア波多の子、当年三十三歳。生まれは日本の豊後国浦辺。
二、信仰に関しては、その日の聖人にロザリオによる祈りを唱え、ほかの聖人たちにそれぞれの祈禱を捧げ、土曜日に大斎……イエス・キリストの苦難を思い節食すること……を行うほかには、特別な食事をとらない。
三、イエズス会入会の動機は自由意志による決心である。すでに十四年前、一六〇六年に、入会の仮誓願を立て、署名した。それは日本に置いてきたので、ここローマにおいては、ポルトガル関係事項担当ならびに総会長補佐のヌーノ・マスカレニャス神父作成の誓願書を使わしていただく。
四、体の健康に関しては、頑健で、いかなる労苦にも耐えることができるであろう。
五、神の賜物に関しては、多くをわれのためにあたえたもうたと感じている。
数多くの労苦と危険から解放されて、イエズス会の修練者に加えていただいたことを感謝している。
六、召命……ある使命を果たすように神からよびかけられること……に感謝しており、霊魂の救済および同胞のそれのために歩んで行きたいという大きな希望をもっている。
日本人ペトロ・カスイ（署名）」
翌十一月二十一日土曜日、聖アンドレア修練院に入った。念願だったイエズス会士としての生活が開始されたのである。

「修練院に入った時の所持品目録
一〇九九番
神父ペトロ・カスイ、日本人。三十三歳。帽子一個、胴服一着、毛織物のマント一着、ズボン一着、ラシャのズボン一着、靴一足、反転した房飾りのあるシャツ一着。
ペトロは上記の通りであることを認めます」

アンドレア修練院での修練生活は、実に質素なもので、清貧を旨とする教育が一六二〇年十一月二十一日から、一六二二年六月六日までの一年半行われた。個々でおこなわれた修練とは、自分の召命、すなわち、御父デウスによって聖職に召しだされることが聖職者にとってきわめて大事なことで、神に召しだされたことを、神に感謝し、神の命令に従って職務を遂行する名誉を喜びで受けた。修練院での修練のかたわら、コレジオ・ロマーナ、すなわち神父になる人が必ずそこで勉学に励む上級学校で倫理神学を学んだ。倫理神学とは実践の学問であった。神父がいかに人々を導くかを、長いイエズス会の宣教の経験から教えるもので、われわれには貴重な実務的勉強になった。

修練期間中、大都には静かな時間が流れていた。外面的な活動よりも、内部の成熟を目指すことが大事にされた。しかし、この期間にも、世の中には外的変化は絶えないのが常で、いくつかの出来事が深い影響を与えてくれた。

一六二一年一月二十八日に、教皇パウルス五世が帰天し、二月九日には後継者としてグレゴリュウス十五世が選出された。教皇の死とその荘厳な葬儀は聖アンドレア修練院の修練者にとっては、この教皇の神の召命が自分の魂にも沁み込むような、儀式であった。葬儀と戴冠式との組み合わせは、教皇の帰天が、地上の新たな教皇の出現と組み合うために、帰天が喜びであり、悲しみが戴冠である不思議な光と陰影をもって迫ってきた。

一六二一年十月十六日に、すなわち、われが修練院に入って一年も経たない時に、われら三人組の親友ミゲル・ミノエスがイエズス会に入会をゆるされて、修練院に現れた。ミゲルはゴアからナウ船に乗り、ポルトガルに着いてから、神父養成の学習でエヴロパ中に有名なエヴォラ大学で四年間の勉学のすえ、ローマに来たのであった。彼は友がすでに司祭に叙階されているのを祝福し、みずからは、グレゴリアン大学で神学の勉強を続けると言った。彼は、なんじの冒険譚をいろいろな人から聞いた、なんじは有名人だと冷やかしたが、エルサレムへの旅が、実はイエスに倣う生真面目《きまじめ》な修練であったことを、見抜いていた。そうして、いつかわが身も、聖地巡礼に行きたい、その時には、よろしく旅の極意を教えたまえとわれに願った。

翌一六二二年三月十二日、二人の日本人にとって親しい人の栄誉を見るという目覚ましい出来事があった。イエズス会の創立者で初代総会長を務めたイグナチオ・デ・ロヨラと、ロヨラの秘書を務めたのち東洋布教に専念し、一五四九年に日本に来て、初めてキリスト教の教えを伝えたフランシスコ・ザビエルの列聖式に参列できたのである。

カノニザチオとよばれる列聖式は、聖ペトロ大聖堂で盛大に行われた。大勢の聖職者が集まり、列を作って教皇の立つ祭壇を取り囲んだ。一般の信徒たちがさらにその周りを幾重にも取り囲み、大聖堂はおびただしい人々で満ちた。聖歌の合唱が終わったところで、列聖の「大勅書」が読み上げられた。ここで聖人が行った奇蹟が披露された。聖イグナチオの場合はエスパニアのマンレサにおける神秘的な体験とイエズス会創立の際の勇気ある信仰が、聖ザビエルの場合は嵐の中を日本の鹿児島に到着する不思議な航海と明国のサンチェン島での埋葬後腐敗しなかった遺体の奇蹟が指摘された。そのあと教皇の司式によって壮大なミサが行われた。イエスが使徒たちに行った「最後の晩餐」が再現される。多くの厳粛な祈りによって、大聖堂はイエスへの愛と服従によって、静まりかえる。そのあと、聖歌が聖歌隊によって歌われ、御父とイエスの愛によって聖人がここに生まれたことをことほぐ。自分自身も聖霊によって満たされたような思いに幸福を覚えた。とくに魂が揺り動かされたのは、聖ザビエルの功徳によって、自分も早く日本に戻り、信徒たちのために司祭の義務をはたしたいという、どこからともなく吹き寄せる爽やかな風のようなうながしであった。とくに、ミゲル・ミノエスがマドリードで読んだという、日本に潜伏しているイエズス会士たちの報告書によって、日本でのキリシタン弾圧の現状を知りたいと思った。さらに、すぐにも帰国して、苦難に満ちた生活を強いられている信徒たちの信仰を励ましたいとも思った。

列聖式が終わったとき、イグナチオがザビエルにインド行きを命じたヒトコトが、結局、ザビエルと日本との運命的な出会いになった不思議を思った。

イエズス会初代総会長イグナチオの、ザビエルは秘書であった。

一五四〇年三月十四日が運命の日である。イグナチオがインド宣教を命じたイタリア人神父が突然熱病にかかり、旅に出立できなくなった。イグナチオは身近にいたザビエルに「君が行ってくれないか」と言い、このヒトコトに「はい、命令をお受けします。準備はできています」と、あっさりと従ったのだ。古い下着を急いでつくろい、普段着の修道服を着てバチカンに行き、教皇の祝福を受けた。翌日にはリスボンへ向けて旅立った。

色々の事情があって、リスボンからの出港は翌年四月になったけれども、イグナチオのヒトコトのままに、東洋布教に従事し、一五四九年八月十五日に鹿児島につき、日本最初の宣教師となった。あの従順と一度決心すれば迷わず、めげず、ひたすらにイエス・キリストに倣い、おのが命を捨てても宣教に励む覚悟を持つ、おお聖ザビエルよ。あなたの深き信仰を賛美し奉る。

祈っていると、ミゲル・ミノエスが近づいてきた。二人はちょっと抱き合ってから、聖ペトロ大聖堂の外にでた。バチカン広場に立って、二人は星空を見上げた。その夜は新月で、満天の星が磨きあげられたようにローマの空に輝きわたっていた。

エルサレムとその周辺で巡礼に明け暮れしていたわれは、熱意に燃え、イエスに学び、イエスの愛を疑わず、日々を過ごしていた。旅先では常に何かを学ぼうと焦り、しばしば走り、オリーブ山では、周囲にひとけがないと知るや、大声で祈りを叫び、その興奮こそが正しい信仰なのだと思いこんでいた。ところが、ここ修練院の静寂な環境では、勝手が違った。自分が死出の旅を平然と受け入れるだけの信仰にまでは到達していないと自覚し、深く反省する気持ちになっていた。それはこの聖アンドレア修練院に入ってから、規則正しく朝夕のミサに参列し、日々黙想と祈禱と読書と講義の、これまた規則正しい生活を送っているうちに、すなわち旅から旅へと移動してきて、日々の変化と発見に明け暮れしていたときとは、まるで違う内省の時間を経ているうちに、次第にはっきりと自覚されてきた気持ちであった。自分が信仰を持っていることには、自信があったが、それが死を恐れぬ絶対の域まで達しているかどうかと自省してみると、ほんの一抹ではあるが、自信がないことがあり、おのれを責めずにはおれなかった。聖アンドレア修練院長に帰国の許可を願い出る前に、この一抹の不安を、どうしても安定させ、いざという時には立派に死ぬ覚悟を、揺るぎ無い信仰にまで高めておくことが、祖国日本で宣教するときには必要不可欠だと思った。われは修練院長補佐室で、いろいろと教えを受けてきたオリヴェロ・ペンサ神父に、おのれの一抹の不安を正直に告白した。

神父は目をつぶって聞いていたが、大きくうなずき、

「死の恐怖は誰にでもある」と言った。「反対に死の喜びというのも誰にでもある。お前はアッシジの聖フランチェスコの伝記『小さな花』を読んだか」

「いいえ」

「それは残念だ。ぜひ読んでみなさい。伝記を読み終わったら、またわたしの所に来なさい」

ペンサ神父の部屋を出た足ですぐさま、われは文書館に行き、伝記を借り出し、何かを発見しようと注意深く行を追い、次第に熱中して読み続けた。

十三世紀、アッシジの聖フランチェスコと弟子たちの事績を、弟子たちが記録した書物であった。ことに奇蹟に当たる行為には筆を密にして記録してあるようで、書物を読み進めるにつれて不思議な出来事が集積されていき、世の裏側にある神と悪魔との戦いの世界を、普通の怠惰な人々が平凡な無意味な争いとして見過ごしている事実を、聖フランチェスコが、まざまざと見通して、真実の世界を明らかにしていく姿に驚嘆しつつ読み進んだ。

聖フランチェスコの豊かな信仰生活のうち、生涯の最期近くに現れた「聖痕」という体験に、注意力が強く引き付けられた。それはイエスの苦しみと、死と、復活を、フランチェスコが追体験していく壮絶な記録であった。それこそが、エルサレムで、イエスの経験した苦

痛、痛み、苦しみを、ヴィア・ドロローサで、また空虚な墓で、ゴルゴタで、イエスの受難を追体験しようとして、ついには十全に果たせなかった出来事であった。聖フランチェスコは、イエスの苦しみを追体験するのを独特な祈りで始めている。

「おお、イエス。かのつらく苦しい受難の時、耐えしのばれた苦痛を、この私も生きているうちに、わが体と魂で味わいつくすように。もうひとつ、神の御子であるあなたを燃えたたす愛、われら罪びとのために、よろこんで、この十字架の受難を忍ぶはかり知れぬ愛を、私にも出来るだけ、心に感じることができますように」

聖人の祈りをここまで読んだときに、自分に罪びとの自覚が足りなかったことに気付いた。そうだった。自分が正しい人間であると生意気になれば、イエスはわれを苦しみに導くことができないはずだ。申しわけない、と心の底から自分の傲慢をのろった。

聖フランチェスコの祈りは、ますます深くなって、イエスの受難とかぎりない愛とを感じるようになった。この受難と愛によって信仰の思いが深くなると、ついに聖痕……スティグマ……が現れた。両手に釘が刺さった痕、両足にさらに太く長い釘が刺さった痕が現れ、痛みはものすごい痛みが体中に走った。ついで、右の脇腹に深い槍の突き刺さった痕が現れ、痛みも一層強くなった。しかし、その傷痕も痛みも、十字架上のイエスの姿が現れると、それらが真の傷の痛みではなく、霊的な痛みであるとわかるのだった。イエスは言った。

「わが受難のしるしである聖痕を、おまえに与える。わたしが死んだ日に黄泉の淵に下っていき、そこに痛ましい女を見付けて天に助け出したそのように、おまえは修道会の魂を煉獄から救い出すのだ。そして天国の栄光へと導いてやるのだ」

しかし、聖フランチェスコは、自分に聖痕があることを弟子や友人に隠して決して傷を見せようとしなかった。傷を隠すために包帯をしていたが、それが汚れてきても、木曜の夜から土曜日の朝には、包帯に触れるのを許さなかった。聖痕のために、歩くこともできなかったので、弟子たちに運んでもらった。聖痕の痛み、苦痛、不便、すべてに聖フランチェスコは不便な生活を強いられたが、それがイエスの贈り物だと思うと嬉しくて、周りの悩める人、病気の人、癩病の人を癒す力を聖痕が持っているので、それで人助けできるのを喜んだ。

『小さな花』を読み終わると、イエス・キリストを深く信じているかぎり、死はなにものでもなく、大きな喜びであると心の底から思い知った。修練院長補佐ペンサ神父の部屋へ行き、涙を流して礼を言った。

そのとき、心は不思議に明るい光に包まれていた。そして、身体は重さを失って不思議に軽く、ふわふわと空中に漂うようであった。あのバチカンの庭にてミゲル・ミノエスと手を組みつつ見上げた満天の星が、月は消え一片の雲なく晴れ渡った夜空に輝く満天の星の歓喜が、ふと連想された。

修練期の最後が近づいた。いよいよ帰国を許可してくださるように、修練院長に願い出た。修練の期間は少し残ってはいたが、修練の期間を短縮するために、ポルトガルの修道院で修練することを許可していただきたいとも合わせ願った。院長はイエズス会総会長ムーティオ・ヴィテレスキに願い出て許可を取ってくれた。

一六二二年六月六日、日本に帰国する許可が下りた。

海外布教に旅立つ四人の修道士とともに、ローマのアンジェロ門を出て、チヴィタヴェッキアの港町から船に乗り、ジェノヴァに寄港して後、バルセロナに上陸した。そこで、カタルーニャ最大の巡礼地モンセラートの修道院を訪れた。この修道院はモンセラート山という奇妙な岩山の中腹に建てられていた。一つ一つの岩が巨大で縦に長く、修道者のなかには、一つ一つの岩に名前をつけて、其の岩の特徴を覚え、生き物のように愛している者もいた。修道院の奥には大きな教会堂があり、其の祭壇の上の廊下には、「黒色の聖母」と呼ばれる像があり、修道者たち、来訪する信者たちの尊崇の的であった。エスパニアやポルトガルはもちろん、エウロパ中の人々が、この聖母像を礼拝するために来訪するのだった。修道院は巡礼者のために大きな宿泊所を作り、そこに通じる道には土産物店が並んでいた。

同行の修道士四人と「黒色の聖母」に詣で、聖堂でのミサに参加したあと、ひとりマンレサの寒村にある洞窟にむかった。イエズス会を創設し、その最初の総会長になったイグナチオ・デ・ロヨラが修行した洞窟を訪れ、その信仰のありように学ぶのは、イエズス会士として立とうと願っている人間には当然の行為であると思ったのだ。

それは一五二二年三月の出来事であった。イグナチオ・デ・ロヨラは、騎士の衣服を乞食に与え、騎士叙階の式典に倣って、武器を「黒い聖母」像の前に置き、徹夜で祈り、これから生きている限り、全生涯を神に捧げると念じた。そのあと、バルセロナには戻らず、マンレサと呼ばれる寒村に歩いて行った。

彼はマンレサに数日滞在するつもりでいたが、実際には十一ヵ月間もそこで、回心と霊的成熟の修行をした。

回心とは、罪と不信の世界から善と信仰の世界に移り住むことである。これをイエズス会士は徹底して修練しなくてはならぬ。その実践を指導しているのがイグナチオの「霊操」である。マンレサの洞窟におけるイグナチオの霊的経験に少しでもあやかりたいと思ったのだ。

まずイグナチオは、毎日、施しを乞う生活をした。肉は食べず、ワインを飲まなかった。日曜日には断食せず、ワインを与えられれば、少し飲んだ。髪は伸びるにまかせ、爪の手入れはしなくなった。慈善病院に泊まっていたとき、晴れた日、空中に不思議な物を見た。それを見るたびに、快楽と慰めを覚えたが、幻影の正体は不明であった。これは悪霊からくるもので、イグナチオの心の底に、虚栄心がまだ浄化されずに残っていて、輝く誘惑者の映像をつくりだしたらしい。言ってみれば、彼の快楽や慰めは、悪魔のいたずらに過ぎなかったのだ。

イグナチオは、マンレサの洞窟にこもって、朝から夕方まで祈りと瞑想の中で過ごし、小川の岸を歩いて慈善病院に行きながら、イエスに今日一日の祈りと瞑想が正しく行われたかを問いつつ、その答えを待つのであった。イエスは沈黙していたが、小川の水は澄んで美しく、彼の心をなぐさめてくれた。

連日、洞窟で祈り、瞑想にふけるうちに、祈りと瞑想とは段々に平静になり、始めのうちに見られた、苦悩や焦りや不安が薄れて平穏な心になっていった。髪と爪を伸ばし放題であったのが、以前のように清潔で整ったものになってきた。悪魔はいろいろと謎をかけて彼を苦しめようとした。ある日、悪魔の声が言った。

「お前はあと七十年生きるぞ。つまり七十年は苦しまねばならないぞ」

イグナチオは答えた。

「哀れなやつめ、ではお前はおれが一時間長く生きるようにしてみろ」

未来を確実に見通す能力のない悪魔は、頭を垂れて逃げ去っていった。

こうして、瞑想中に現れてくる悪夢は次第に少なくなり、ついには霧が拭い去られるように消えてしまった。悪魔の出てくるような夢はデウスの慈悲によって拭い去られたという喜びに替わった。過去に起こった苦悶、たとえば、かつて軍人であったときの醜い重傷の傷痕を他人に見られぬように整形する麻酔なしの手術の激烈な痛みにも彼はうめき声ひとつたてずに、静かに耐えた。この痛みに耐える修練が、悪魔との戦いに役立った。悪魔の夢を見ておのれの信仰を疑ったりする事が無くなった。粗野で荒削りな子供を、神は優しく導いてくださった。どのような困難、どのような恐怖、それらすべてのまやかしにも、彼は喜びに満ちた魂の動きで応じることができるようになった。聖霊の風に洗われて、彼は喜び一杯の信仰生活に入れたと信じた。将来、何かの困難に遭遇した場合、聖霊がイエスに告げてくれ、御父の助けによって困難を乗り越えられると固く信じた。そして信じることが大きな喜びであると知らされた。

イグナチオは三位一体について深い信心を持っていた。三位一体とは、宇宙や人間や生命を創った御父とその御子イエスと聖霊との間に、密接で親しい、神秘の関係が保たれていることを言う。デウスとキリストと聖霊とを、それぞれ位格《ペルソナ》として区別はされるが、其の三つのペルソナは同じく神の神秘をそなえているので、信仰の深い人でないと理解できない。
イグナチオは、モンセラート修道院において、聖母像の日禱を唱えているときに、楽器の三つの鍵盤の形で聖なる三位一体が奏でられるのを聴いた。三つの鍵盤から美しい三つの音が出て絶妙なるハーモニーをかもしだす。それは三つの鍵盤でありながら、出てくる音は美しい一つの神秘の調和である。その神秘の音を聴いてから、彼は涙と嗚咽が止まらなくなった。この体験を語るためにいろいろと彼は比喩で述べている。それは彼の著書のなかにも詳しく解説されてある。

われは、マンレサの洞窟と小川のほとりをイグナチオを偲びつつ歩いた。その時に随分遠くまで馬車で洞窟まで来たと思って、ふと、モンセラート修道院の方角に目をやると、修道院がある奇怪な縦長の岩山が、地平線上に巨大な船のように浮いて見えた。イグナチオがマンレサの洞窟にこもって祈りの生活をしながら、しばしば黒い聖母像にひきつけられてモンセラート修道院を訪ねた理由が初めてわかった。マンレサの洞窟と小川で祈りと黙想の日々を送りながら、イグナチオは、魂の故郷として、ときおりモンセラート修道院を見詰めていたのだ。

マンレサに来て三日目の夕方、ふと小川のほとりから、モンセラート修道院の地平にそそり立つ姿を見ていると、夕日に照らされた巨岩のひとつひとつが、デモーニョ……悪魔のような動物……の脚のように見えた。それは、今にも動き出して、こちらに向かって歩きだし、ついにはわれを押しつぶすような迫力を持っていた。われはエルサレムの空虚な墓の祈りを想いだし、夢中になって祈った。目をつむり、闇のなかで視線を動かして、赤い怪獣を睨んでから、目を開くと、あやしいデモーニョは消えて、いつも見ているような、岩の山に修道院が見え隠れする、優美な風姿になっていた。悪魔めいたものは、もうどこにもなく、マンレサの洞窟と小川とが完璧に美しい、天上のような景色として周りを飾り、遠くに見えるモンセラート修道院が優しい黒い聖母のように、洞窟と小川を見守っていた。黒い聖母像の微笑みが、自分を見ているようで、われは、デモーニョを恐れた自分の心に向かって、「お前はまだまだ、自分の死を恐れているではないか。そのように臆病な魂をもっと鉄のように鍛えないと、信徒たちの魂を救うことは無理だ」と大声で言い、自分を叱りつけた。十字を切り、その手に風の運んでくる息吹きを感じながら、イエスに祈った。

バルセロナ港で修道士たちに合流し、そこから海岸伝いの馬車の旅をした。サラゴサを経過したのち、大学都市、アルカラ・デ・エナレスのイエズス会修道院に宿泊し、さらに歩をのばしてマドリードに到着した。

同地の文書館で日本から送られてきた沢山の書簡報告を読むことができた。ミゲル・ミノエスが言ったとおりであった。国外に追放されたころに思い比べると、幕府のキリシタン迫害は、殺人機械のように無慈悲な残虐行為になっていた。キリシタンを疑われた家は一軒一軒の隅々まで精査された。長崎とその近辺では幕府のキリシタン迫害がますます酷くなっているのを知らされた。それらの報告一切が苦しんでいるキリシタンたちの助けになりたいと思う帰国の意志を奮い立たせた。

マドリードからポルトガルに入り、イエズス会創設のエヴォラ大学に行くのに十日ほどかかった。大学のコレジオに数日ほど宿泊した。われは大聖堂でのミサに参加して、かつてここに宿泊した、天正の少年遣欧使節たちのことを、遠い昔の平和な光景を想像してみた。聖堂の香部屋の天井に聖母やイエスの幻影を見ているイグナチオの体験が真に迫った見事な絵画として、こちらに教えを垂れていた。われは、いつまでもその絵の前を離れず、イグナチオと一体になって、絵画のなかに入り込んでいる気がしてきた。

リスボンに着くまでの間、広大な森を貫く道を馬車で進んだ。珍しかったのは、コルクの木の皮がはがされて、その部分が真っ赤に変色している様子であった。ワイン瓶の栓になるコルクはポルトガルの特産品である。赤くなったコルクが元の樹木の形に癒されるのに九年もかかるのだそうだ。

さらに珍しいものを見た。高いところ、大聖堂の屋根、鐘楼、松の梢などに、身動きもせずに立っている白い鳥の美しさ、気高さである。鳥の名前は鸛《こうのとり》だ。

われは、ポルトガルの森と田園と町の独特な光景を楽しみながら馬車の旅を続けた。

一六二二年九月十五日、われらはリスボンに到着した。そしてオリヴェテ山修練院に入った。

ところが、この修練院の生活は満足できるものではなかった。修練院の方針は、イエズス会の精神に従って、勉学よりも肉体による奉仕を重視していた。修道士たちは少年と言えるほど若く、肉体を使う訓練は彼らにとっては喜びであったが、われにとっては、主のためにおのれの命を捧げ、それによって喜びを得る精神の訓練のほうが望ましかったのだ。そこで、われはひと月の間、黙想と祈りで自分の霊的能力を高めようと修練することを願い出て許可され、やっと落ち着いて信仰を深める時間が与えられた。しばらくして、十一月二十一日、清貧、貞潔、従順の三つの修練誓願をたてて、一人前のイエズス会士になることができた。

一人前のイエズス会士になって、総会長のヴィテレスキに正式の帰国許可願いを出して、許可された。ローマにいるときには、帰国の志を神父たちに話すと、このような危険な願いを持つことに、反対されたり、疑われたりしたものだ。が、今、総会長にイエズス会士として正式の願書をだしたときに、即座に許可がおりたのは、ペトロ岐部カスイという新米司祭の願いを、総会長が、真摯で立派な志と認めたことを意味した。故国において迫害に苦しみ、ついには命を奪われてしまう信者たちのために、イエスの経験された十字架の苦痛と、その死のあとに来る復活の信仰を、分かりやすく、しかも喜びの復活の希望として信徒たちに教えてあげたかった。マドリードで読んだ多くの殉教者の手紙や親や子の身におこった出来事を、やがておのれの身にもおこる未来の出来事として、信じていた。イエスとデウスのために死ぬことは、喜びであり、おのれの信仰の証しであると思うほど、われの信仰は深まっていた。

7　帰国許可

ローマとリスボンにおける年月を合わせて二年間の修練期間を終え、誓願をたてる資格を得た。

ついに、誓願をたてたイエズス会士となった。修練院を出て、リスボンの神学院に移り住み、翌一六二三年の春までインド行きの艦隊の出港を待つ。

十一月の下旬から三月の間、リスボンは雨季で、連日雨《あま》もよいの寒い日が続くのだった。この湿った暗い日々は、日本のさみだれにおいて詠われるような、緑と花とが調和してみせる自然の美を欠き、中心街でも郊外の森でも、人の気分を押しつぶす、陰鬱な、ただもう灰色に塗りこめられた季節であった。

雨季が終わったら三隻の艦隊が出港する予定になっていた。船は大きく頑丈で、四方に大砲を突き出しており、そのほかに小銃を撃つための小穴があちらこちらに穿たれていた。しかし、この頃、東洋からは不穏な出来事がつぎつぎに伝えられていた。

翌年、一六二三年二月一日に、ローマの修練院でさまざまな世話になった、とくに聖フランチェスコの『小さな花』の読書をすすめてくれたオリヴェロ・ペンサ神父にラテン語の手紙をしたためた。

「ペンサ神父様、
ローマを出発してより、ずっと神父様に手紙をお書きしないでいた失礼を深くお詫びいたします。そうなりましたのは、神父様をお忘れ申し上げたためでも私の怠慢のためでもなく、ローマを遠く離れてより、私に課せられた数多くの用務のためです。私は修練期の残りを過ごすようにリスボンのオリヴェテ山の修練院に送られ、二ヵ月余もそこで暮らしました。そして連日の修練に没頭しておりました。ここでの修練士は精神的訓練よりも肉体の訓練に専念し、一日の大部分を後者に当て、ほんのわずかな部分を前者に回すのです。ポルトガルとローマでは、全く逆の修練院のありようです。大部分の時間を肉体の修練に使うというのは、若い少年たちには快適な修練ですが、すでに三十六になった私のような年寄りには霊の追求こそ大切なのに、無駄な時間が過ぎ去っていく思いでした。それに、神父様に手紙を差し上げるいとまがないのを申し訳なしと苦しみました。オリヴェテでの修練期が終わってから、私は主の御働きもあって聖母マリアの清めの祝日にイエズス会の誓願をする許可を戴きました。誓願の前に、まる一ヵ月、ローマの修練院のやりかたに従って、黙想を行いました。さいわい、修練院長は私のやり方に同意してくださいました。

神父様はすでに他の人の書簡によって御存知でおられるでしょうから、私たちの旅行についても御存知だと思いますが、私の書くことも、もし御存知なければ大変と思いますので、御報告申しあげておきます。

一六二二年九月七日、私たちがエヴォラ大学に着くと、疲労を回復するために数日そこに滞在し、学長のフランシスコ・ダ・コスタ神父様から親切な御接待を受けました。しかし、修道士が一人熱病にかかり、四日ごとに高熱の発作をおこし、多くの薬の服用のあとも長期間治らなかったのです。しかし、神の御恵みによって快方にむかい、今では杖をついて学内を歩きまわれるようになりました。

インドへ出発する船は三隻で、大きく、堅牢で、武装も整っています。これが無事にインドに到着するように、私は神父様のお祈りをお願いいたします。インドからはあまり良い便りがありません。

ポルトガル領のホルムズ要塞がイギリス海軍の助けを借りたペルシャ軍に占領されました。総司令官は殺害され、多くの船が破壊されました。そのためポルトガル人は名誉の点でも、物資の点でも非常な損害を受けました。しかし彼らは戦闘を再開し、あの貴重な領地を奪回する強い自信を持っています。なぜなら、ゴアの副王から援軍として大艦隊が派遣されて、アラビア半島のホルムズに近いムスカートの港に待機しているからです。

ペルシャ人は、今は船を持っていません。イギリスの七隻の船のうちただ四隻だけが、ホルムズの島に残されているだけです。そのほか多くの援軍が派遣されて集結しつつあります。私は戦争を好みませんが、ホルムズ島がインドのゴアとの関係で、宣教師を東洋、とくに日本に送る基地になっているのは、貴重な存在だと思うのです。

日本ではまだ迫害が荒れ狂っています。いや、ますます殺戮の度合いがひどくなっているのを憂えています。私がマドリードのイエズス会文書館で日本の諸神父の書簡から読み取ったところでは、キリシタンの存在が疑わしい村や町の一軒一軒が捜索されて、エウロパの神父でも隠れていれば、引きずり出して首を断っていくという残酷さです。フランシスコ会士が教皇パウルス五世時代にローマへ送り出した支倉六右衛門が帰国したとき、領主であり、使節の主君でもあり、キリシタンの保護者でもあった伊達政宗が、くるりと反キリシタンになっていて、自分の出した支倉をキリシタンになったという理由で殺してしまったらしいという手紙も読みました。そればかりか、領内にいるすべてのキリシタンは、武士であれ町人であれ、すべて信仰を棄てないかぎり、領地外に追いだしたのです。そのため、フランシスコ会士とイエズス会士がこの地方で宣教することが不可能になりつつあります。にもかかわらず、私は神のお助けと殉教者の功徳を信じております。
　フランシスコ会もイエズス会も、日本より引き揚げようとしているときに、私があえて祖国日本に帰還しようとしているのは、初期キリスト教の信者たちが、御父の御助けによって、信者を救いたまい、殉教者の功徳を信頼し、彼らの血によって、キリシタンを広げた歴史の真実を信じるからです。

リスボンにて一六二三年二月一日
イエスにおける貴下の下僕
日本人のペトロ岐部カスイ」

　一六二三年三月二十五日、祝砲のとどろくなかに待ちに待っていた艦隊の出港が行われた。六隻の艦隊は三隻のナウ大帆船と、これを護衛する三隻のガレオン船で成り立っていた。まさに威風堂堂の出発であった。風を一杯にはらんだ帆の、形の良いふくらみに十字架が美しく描き出されていた。ナウの一隻にはエチオピアの皇帝がカトリックに改宗したために、エチオピア新司教と随行する宣教師たちが乗り込んでいた。ローマからわれと一緒にきた四人の修道士もエチオピア行きの人々と船を共にしていた。三隻の護衛船ガレオン船には、兵士、商人、冒険家、旅行者が、山盛りの荷物とともに乗りこんでいた。

華々しい祝砲とともに出港したものの、艦隊の前途には数々の困難が待ち受けていた。

三月二十五日朝リスボンを出港した艦隊は、午後には暴風雨に襲われて旗艦のナウ船の帆柱が倒壊し、後ろで警護していたガリオン船が岸に打ち上げられて座礁した。一旦港に退避して応急修理をしたのち、四月三日、モロッコの西にあるマデイラ島の北辺にあるポルト・サント島に着いた。ともかくも損傷した船体を修理しつつ、南に下り、四月六日にカナリア諸島からさらに南下した。四月二十二日、北緯七度に達したが、それから予想もしなかった豪雨と無風で、ひたすら無力に漂うばかりだった。潮流のために北に押し戻され、ギニアの海岸に行く手を阻まれたり、あわや陸に打ち上げられそうになったりで、まるで航行の実が上がらなかった。

と、五月二十九日に赤道風が吹き始め、六月一日には遅れを取り戻す希望が見えてきた。船は進みだしたものの、船内では困った事態が起こっていた。

どの船でも病人が増えて、船室からはみ出たうえ、甲板が病室の様相を示すようになった。三百人の病人がずらりと横になって甲板を隙間なく覆っていた。火のような高熱に襲われて幻影におびえる者、吐瀉物の悪臭に塗みれてのたうつ者、呼吸困難で死の恐怖におびえて泣き叫ぶ者。医師の手にあまる病人の数で、始めのうち病人の看護に働いていた者も、次々に倒れていった。

頑健な体を、神の恵みと思い、倒れた者たちの看病に飛びまわっていたが、ある日、頭が破裂するように痛み目覚めると、全身が高熱に冒され、起きようとしても体が動かず、さっそく病人のひとりとして甲板の端に寝かされる始末となった。このとき、筋肉の塊《かたまり》のような頑健な体が、かえってやっかいな重荷になったと知った。幼いときから、船の上こそ、わが支配する天国だと信じていた、自分の傲慢の鼻が打ち砕かれた。神の許しを得るために、ひたすら祈った。自分を看護している人々への感謝を示すために、呻くことをやめ、静かな病人たらんと神に祈った。

苦しみもがく夥しい病人のために、食物の貯蔵庫を開き、健康な自分をあとまわしにして病人に栄養分を食べさせたのが艦隊司令官、ドン・アントニオ・テロ・デ・メネーゼ提督の慈愛に満ちた命令であった。七月になって修道士が一人亡くなった。死者の数はどんどん増えて、艦長も神父も例外無しに死んでいった。しかし、この新参神父の回復は早く、ついには生き残った者の一人になった。

七月二十五日、アフリカの南端、喜望峰をまわってインド洋に入った。やれやれと思ったところが、海は歓迎してくれるどころか、ものすごい嵐になり巨大な波が悪魔の形相で襲いかかってきた。帆は裂かれ、次いで中央マストが倒れ、前マストの帆も今にも破れそうになった。あわや艦隊も全滅かと観念したとき、全く冗談のように、海は疲れたように眠ってしまった。静まったのはいいが、今度は無風状態になったのである。ここらはモザンビークの近くだと、水夫が教えてくれた。地図を見ると、アフリカ大陸の南で、東に行くとサン・ロウレンソ島（現在のマダガスカル島）に突き当たる位置であった。艦長たちが司令官の船に集められて会議が行われた。モザンビークに入港して、そこで越冬することは、時間を無駄にし、予算を使いすぎるとわかって、一路ゴアに向かう決定が皆に通達された。しかし、食糧と水とが不足しているし、病人の数は多いし、艦長の一人をはじめ死者の数は増える一方であった。そこで、大陸で必要なものを補給しようとしたが、風は弱く、モザンビークに着いたのは、九月二十二日であった。艦隊が港の入口を通過しているとき、旗艦が沿岸の暗礁に乗り上げていた。提督がみんなを叱咤激励してなんとか沈没させないようにした。人々は提督の命令にではなく、国を思う熱意に動かされて、危険をも顧みずに働いていた。そして、旗艦は助かった。

すでにして、西風の季節風が終わり、東風の季節風が吹き出していた。艦隊が逆風を乗り越えてインドのゴアまで行きつくことは不可能であった。艦隊司令官ドン・アントニオ・テロ・デ・メネーゼ提督はそれでも、艦隊のゴア直行を主張したが、各艦長、水先案内人、要塞長官などの反対には勝てず、それでも艦内の実情をゴアに知らせるために、櫂付きのガレオタ船一隻を使者としてゴアに向かわせることを皆に納得させた。小さな船で逆風を乗り切る危険な航海であったが、なんとか十二月九日にゴアに到着して、艦隊の実情を知らせることができた。この使者の知らせは、艦隊の到着を待ちわびていたゴアの人々を安心させた。返事を持ったパタショ船は、翌一六二四年一月二十八日にモザンビークに着いた。

しかし、ポルトガルでメノモカヤと呼ばれていた恐ろしい嵐が、パタショ船が到着する日に突如襲ってきた。この暴風雨はあらゆる方向に吹きまくり、港に錨をおろしていた、すべての船を陸地に打ち付けた。無事であったのは遠路到着したパタショ船だけであった。それは提督の乗っているナウ船の錨索にしっかりと錨を結びつけたおかげであった。

できるだけの修理をほどこされた艦隊が出港したのは、ナウ船が一六二四年三月二十八日、ガレオン船が四月一日であった。大司教やわれを含む司祭たちはガレオン船に乗った。この船がゴアに着いたのは一六二四年五月二十八日のことであった。リスボン出港から十四ヵ月と三日かかっていた。周到な用意の末に出発した艦隊でも、これだけの苦難の旅をしなくてはならない。海は恐ろしい権能を確固として保持している。

われは、神父になってから、自分のなすべきことを、細字で日録に詳しく書き込んでいた。ゴアに到着し、同船で航海をしてきたメンデス大司教の一行とともに聖パウロ学院の宿舎に入ったわれは、夜になって手帳を開き、イエズス会士として日本に最初に上陸し、今や聖人となったフランシスコ・ザビエルは、一体どのくらいの時間でリスボンからゴアまで船旅をしたのか調べてみた。

われらの大司祭聖ザビエルは、一五四一年四月七日にリスボンを出帆し、翌年の五月六日にゴアに着いたので、十三ヵ月かかっていた。ザビエルの場合も壊血病や熱病で死者が出てザビエルみずからも熱心に看護に努めていた。それから四十五年後、帰路の旅に出た天正少年遣欧使節たちの場合は、一五八六年四月十二日にリスボンを発ち、翌年の五月二十九日に到着しているから、やはり十三ヵ月かかっている。この航路はザビエル後四十五年経っても、相も変わらず、熱病、無風、逆風、嵐にくるしめられる困難な船旅であったのだ。ところでわれわれは一六二三年三月二十五日にリスボンを発ち一六二四年五月二十八日ゴア着で、大司祭よりも八十年も後の世の出来事なのに、実に十四ヵ月もかかっていた。それに数々の困難を乗り越えての航海であった。帆船の航海術や船体の進歩は、停滞しているとしか思えない。

エチオピアのメンデス大司教の一行は、ボン・ジェズス教会にまずは集まり、聖フランシスコ・ザビエルの遺体の前でミサを開いた。水晶の棺桶に横たわる聖人の遺体は、美しい横顔を見せている。おのが身を日本人に捧げたイエズス会の大先輩で、大司祭と呼ばれていた方の遺体を仰ぎ見つつ、一司祭としてミサに参加した。イエスの最後の晩餐を再現するミサの祭りが、これほど荘厳で魂を打つものであったとは、新鮮な驚きでもあった。どうか、聖ザビエル様、わが望み、日本の信者の信仰のための働きを御援助ください。心を鎮めてそう祈った。

ところで現在、ゴアから直接日本に行く便船は廃止されていた。どうしても、より日本に近いマカオに行く必要があった。しかし、マラッカとマカオ、つまりゴアから東方に行く便船は、ちょうど一月前に出たばかりであった。ゴアからマニラに行き、さらにマラッカへ渡る方法が今のところ、最も早くマラッカに着く旅程だと計算された。しかしマニラ行きの船に乗る事ができたのは、翌一六二五年の四月、つまりまる一年船を待って、やっとゴアを離れることができたのであった。そして六月にはマニラに着いた。ここエスパニア領のマニラからは、東洋の各方面に便船が出ていた。とくに、ポルトガル領のマカオには頻繁に船の往来があることをわれは知った。

思惑通り、マニラからマカオ行きの船をすぐ見つけることができた。十一月の半ばには目的地に到着できた。

ゴアからマカオに行くのに一年半もかかるとは予測していなかった。十年前にマカオに来たころより、ポルトガルやエスパニアの便船の往来が不規則に、さらに僅少になっていた。理由はカトリック系の両国の国力に衰えが目立ってきたことと、プロテスタント系のオランダ船や英国船の襲撃に妨げられて、航海の安全が脅かされていたためであった。

マカオの様子は以前ここに来たときと一変していた。かつての貿易と宣教を中心とした港、平和な様相の船の往来は乏しくなり、軍事を優先させる街づくりの結果、マカオは要塞さながらの街づくりで変貌していた。高い城壁にいたるところに砲台ができて、兵士が目を光らせている。聖パウロ教会と学院のある丘よりも高い所に、筒先を四方に向けた砲台が築かれていた。オランダ軍の襲撃に対して街を守るためであった。つい最近、オランダ軍の襲撃によって、あやうく陥落するところだったので、街全体を要塞化する大工事が敢行されたためであった。

イエズス会の事務所を訪れ、申請をしておいた宿泊所が聖パウロ学院修道院に決まったと教えられているところに、懐かしい人の声がしたように思い、振り向くとペドロ・モレホン神父の丸い笑顔が近づいてきた。二人は抱き合って再会を喜び合った。すぐに日本語の会話が始まった。

「ペトロ岐部カスイよ。元気そうだが、ローマ時代よりも浮かぬ顔だな」

「ご明察です。ゴアで日本へ航海する便船を探しておりましたが、そんなものはありませんでした。仕方なしに、マニラへ行き、そこからマカオ行きの便船を見つけて、やっとここに参りました」

「日本に行くためには、このマカオは役に立たなくなってきた。長崎奉行所は宣教師の潜入はもちろん、彼らへの密書や密輸入を厳禁した。この命令に違反した場合には、キリシタン信仰とは切り離して許可されてきた貿易も停止処分になるという脅しもかけられ、市長をはじめ市の統治者は、各修道会に奉行所の命令に違反しないように注意書きが通達された。つまり宣教をやめて貿易のみの付き合いをせよとのことだ。宣教師と信者の逮捕と殺戮はますます盛んになり、十字架刑、火刑、斬首、煮えたぎる温泉刑などでつぎつぎに殉教していった。それにつれてマカオには日本からの難民が多くなった。そこでシャム王国の首都アユタヤが、キリシタンの難民の居住地と目されるようになってきた」

「アユタヤですか」われは耳慣れぬ町の名前に首をかしげた。モレホン神父は、笑顔で頷くと事務所を出ていった。

モレホン神父がアユタヤにおける宣教を重要視していることは、原マルチノ神父からも聞いた。モレホン神父は殉教者の名簿作りにも熱心だったが、同時に殉教をおそれて難民となった人々の救援にも奔走する人であった。その度量の広さにわれは驚き、また崇拝の念を覚えた。

一六二五年十二月十三日、モレホン神父はポルトガル人のカルディム神父と日本人の西ロマン修道士を供にしてマカオを発った。カルディムは三十ぐらいの若い人だが、西は六十近い老人だった。シャム王都アユタヤに行き、キリシタン布教の許可を得る旅だそうだ。港に見送りに行ったわれわれは原マルチノ神父と連れ立って船を見送った。

「元気だな、モレホン神父は」と原神父が言った。

「お若いですな」と応じた。

「わたしよりも、たしか二十五歳も年上だ。おんとし六十四歳だ」

こちらは三十九歳になっていた。日本にはいまだ帰れず、年を取るばかりだと嘆いているが、まだ若いのだと思いなおした。

「そうそう」と原神父は生真面目な面持ちで付け加えた。「あなた方、三人組の宿敵であった二人のその後を教えておこう。巡察師フランシスコ・ヴィエイラは、一六一九年に病死した。また、管区長カルヴァリョは一六一七年に管区長をやめてゴアに隠棲しているが病気で臥せっているそうだ」

8　破れたアユタヤの夢

一六二五年十一月から、マカオの聖パウロ学院修道院の一室で過ごしていた。石で固められた城の一室、固く冷たい牢獄に閉じ込められた気分であった。

毎日散歩はする。好みは城壁の上の見晴しのいい路であった。平べったいシナの街と森を見下ろし、海を見渡すが、毎日が単調な、つまり四季の変化の乏しい景色には飽き飽きした。

海が、港が、とくに船が変化に乏しい。どれも同じ昆虫のような漁船。これまた駱駝を思わせる同じ規格のジャンク。ポルトガル便船の大船ナウが時々寄港するが、十年前と少しも変わらぬ巨体には飽き飽きする。

一六二六年四月ぐらいから暑い夏になった。南国である。読んでいる本のラテン語が煮立つようだ。

九月中旬、モレホン神父が帰港した。カルディム神父と西ロマン修道士はアユタヤで司牧しているそうで、神父ひとりの帰還であった。

ひと月ほど経ったとき、モレホン神父の「アユタヤにおける宣教」という講演会が聖パウロ学院修道院で開かれた。


一六二五年十二月十三日にマカオを出港したモレホン神父の一行は翌年始めにはマニラに着いた。フィリピン群島総督から一六二四年の事件を解決するように依頼され、総督特使としてシャムに向かった。三月にはアユタヤに着いた。

事件がおきたのは一六二四年であった。

或るエスパニア船が、シャム王国の首都アユタヤを潤すメナム河で、オランダ船を攻撃したが、オランダの反撃は強く、エスパニア船の船長フェルナンド・デ・シルバは三十八人のエスパニア人とともに殺され、生きていた船員三十名ほどがシャム警察の捕虜になって、いまだに警察の牢獄に監禁されていたので、この捕虜の解放が問題であった。

山田長政という日本人町の頭領がシャム王と親しく、捕虜の釈放と没収された財宝の返却に大きな働きをしてくれた。外交交渉が成功して、エスパニア人の釈放と強奪した財宝の返却がおこなわれた。同時にシャムの布教と教会建設の許可をもらうこともできた。モレホン神父はマニラでも、マカオでも大成功の救い主として歓迎されている……。

講演会が終わったあと、モレホン神父の部屋を訪ね、さらに詳しくアユタヤの現状を教えてもらった。港に日本の朱印船が時々来航すること、日本人町があり、千人ほどの住民がいること、その半分五百人ほどがキリシタンであとの半分は荒くれ男の武士としてシャム王の護衛隊を結成していること。

アユタヤはメナム河という大河に囲まれた水の都である。運河が縦横に通じ、王城の中には金色の仏塔が並び、王が仏教に帰依していることが一目でわかる。沢山の仏塔は定刻になると一斉に鐘を鳴らす。日本の寺の鐘に似た、重たい尾を引く音色である……。

一六二七年二月、アユタヤ行きの船に乗りマカオを去る。旅支度、乗船券の購入、若干の路銀と、イエズス会は何くれと無く世話をやいてくれた。

ところが不慮の出来事がしゅったいした。乗ったシャム行きのナウ便船が、マラッカ海峡で突然待ち伏せしていた四隻のオランダ船団に襲撃されたのである。海賊船は小型で敏捷で大砲を備えており、四方から巨船を取り囲み、ついには舷側よりなだれこんできて、われらは有り合わせの物を手につかみ海に飛びこむのがやっとであった。無論多くの人びとが殺戮されたので、泳いで陸に逃げられた者はごく僅かであった。われは聖務日禱書、胴服、託された神父たちの手紙を持って、陸に向かって泳いだ。

行く手をはばむ巨木が居並び、壁となっている熱帯の密林、太い無数の根が巨木の壁の裾を支え、その奥はなにひとつ見通せぬ不気味な暗黒である。思わず足が止まるが、背後から迫るオランダ人の狙撃隊が銃をはなつ。暗黒に飛び込むほか逃げ道はない。迷わずわれはそこに吸われて行く。人々、二十人ほどがわれに従うように集まっていた。なま温かく水底さながらの湿った風がわれらを包む。化け物のように背高の羊歯《しだ》、棘棘《とげとげ》の草に、みんな足を止める。われは革靴を履いて泳いだが、ほとんどの人が裸足である。たちまちに足裏が傷つき、血潮が流れ、倒れ込む。が、さいわい追っ手が追跡をあきらめたと見え、銃声はやみ、ただ闇のなかを風が流れ、木々がきしむのみ。人々の顔を見くらべる。マカオの文明人たち、司祭・書記・貿易商・その下男。役立つは下男なりと見定めた。

「あなたは草鞋《わらじ》のつくり方を知っているか」

「はい」

「それは重畳。二人で草鞋をつくろうぞ」

「ところで、あいにく藁《わら》がありませぬが」

「藁に似た草を探して代用するのだ。それをお前と二人で探そう」

日本人とも知らずに日本語で話しかけたのだ。それがフランシスコ修道会の守門、すなわち門番であった。幼い折りから父母より、冬の仕事として手ほどきされた草鞋づくりが役だった。まる一日はたらいて十五、六足の草鞋ができる。それを装着したときの人々の喜び。一団となって密林を歩く威勢のよさ。むろん耐えがたい空腹に、みんなは食物をさがしたのだが、果実をつけた樹はみつからず、夕方奇妙な、日本猿とはまるで面立ちの違う猿の一団が遥かなる梢を渡るのを見た。猿はなんらかの果実を食べていると思ったが、彼らの移動はすばやく、姿はむなしく消える。と、巨大な蛇が地を滑るのを見る。各自悲鳴をあげつつ、木の枝、ナイフで削り作った棒で蛇を突く。蛇は素早く滑りさった。

人々、巨木の枝分かれした高所に助けあって登り、各自横になる。疲労困憊のあげく、それを慰める食べ物は無く、それでも寝込んだ夜明けがた、猛烈な雨が降ってくる。始めは湯あみじゃとよろこんだ人々も、ずぶぬれの寒さには震えあがる。樹をおりて雨をさけようと思えど、樹下は沼となって、泳がねばならぬ。結局、昼さがりまで降り続いた雨を、そして夕方、沼が消えるまで、待たねばならぬ。ところで夕刻になると、猛烈な藪蚊の来襲に出会う。追い払っても駄目で、執拗に刺してくる。ついにこちらは力尽きて刺されるにまかせるものだから、人々の顔や首や手足は無残に腫れあがった。

雨があがり、水が引けると人々はのろのろと歩き始める。こうして毎日歩くうち、ひとりふたりと倒れ伏すが誰も見向きもしない。誰にも人を助ける余力などない。草鞋が破れたと訴える人も、喉がかわいた水をくれとせがむ人も打ち捨てるばかりだ。数日たつと人々は三分の二ほどになっていた。おのれの冷酷を恥じていたが、土台、おのれはよろよろ歩くのが精一杯だった。先頭を歩きながら後ろについてくる人々に声をかけはしたが……。

出口も分からぬ大森林を歩かねばならぬ。それが第一の苦痛である。飢えと寒さと疲れが、この道行の苦痛を倍加する。それは目的のない旅であるがゆえに苦痛を解くすべがない。ここでは自分の死が何の役にもたたない、主イエスのように、死が人を罪びとを救うという目的を持たない、まったく無意味な行為の結果であることに絶望した。そこから抜け出すためには、命を長らえることが必要であると悟ると、生きていなくてはならぬ。命を長らえることが自分の信仰を守る道だと、これまでとは、まったく逆の祈りをするようになった。主よ、生きて祖国に帰らせたまえ。それこそわれの望みなれば、祖国で死ぬことがわれの切なる望みなれば、アーメン。

ついに半数以上の人々が倒れ息を引き取った。あっけない死であった。飢えを充たすすべはなく、みんなは雨水を飲むだけであった。痩せた腕を撫でつつ、時としてふらつき、倒れ伏して死にたいと思いながら、同じ祈りを繰り返しては死の誘惑に耐えた。そして、ついにこの死の誘惑こそは悪魔の仕掛けた罠であると自覚するようになった。ああ、この密林は悪魔の罠であったか。ふむ、負けぬぞ、わが祈りが出口を示すぞ。出口が光輝かしい勝利でかざられるぞ。主よ、われを悪魔に勝たせ給え。

と、真っ黒な森林に、真っ白な出口が輝く。その先に浮かび出てきたのはマラッカの城塞都市、そのてっぺんに丘の上の聖母マリア大聖堂が金色《こんじき》に輝いている。痩せおとろえたわれは、身も軽く、ふわふわと風に乗って城門に近づいていく。城門が笑う。その大口にわれら一行《いっこう》は吸い込まれていく。衛兵二人が朗らかな笑顔で挨拶したが、たちまち太陽が落ちて夜になった。いや、気を失なったのだった。覚醒したときに、われはベッドに横たえられていた。

「パードレ・ペトロ岐部カスイが御目覚めです」と白衣の修道女が人に知らせるように、声を張り上げた。

声に吸い寄せられ、廊下を走る鋭い、しかし陽気な靴音。医師のおでましだ。

「今日は何月何日ですか」と尋ねる。

「聖ヨゼフの祝日です。三月十九日。パードレ、御目覚め、おめでとうございます」

オランダ船に襲撃されたのは、三月三日の桃の節句だと記憶している。してみると、われは二週間余も密林と戦っていたのか。頑健なはずのわが体はもろくも萎えて、昔日の力も無く、修道女に看護されての遅々とした養生の始まりである。されども、故郷へのあこがれは抑えがたく、このマラッカからシャムのアユタヤ行きの便船ありと教えられたところ、鬱屈の心、しゃんと立ちて渡りに船と勇みたった。医師は、パードレの回復が遅いのは、藪蚊に刺され、熱病を併発しておられるからだと言い、五月一日の出立は無理と告げたが、今自分は四十歳で余生は長くは望めず、一刻でも早く日本への道をせばめるほかに希望無しと告げて、やっと医師を納得させた。

やっとのことアユタヤに辿り着いたのが七月末のことだった。暴風に襲われて三月もの航海を強いられたのだ。

王城を中心に縦横に運河が通じていた。仏教が盛んで臙脂《えんじ》色の僧服を数多く見かける。児童僧も多い。巨大な王宮が寺院の群れを見おろしている。民はみすぼらしい陋屋《ろうおく》に住み、赤貧の生活だ。

ポルトガル人町をカルディム神父が、日本人町を西ロマン修道士が受け持っていた。しかし、日本に密航しようとしているわれは彼ら宣教師たちと親しい関係には見えぬように用心して、日本人町の敬虔なキリシタンの家に隠れ住んでいた。

わが日常の姿は、下は水に濡れてもすぐ乾く黒い短いすててこ、上は赤い半袖の着物で、風通しがよかった。漁師も象使いも、水牛車曳きも、同じようないでたちだ。日本人町の武士たちは、けむくじゃらの脛を出して煉瓦色の浴衣で二本差しをひけらかして目立つ存在であった。

日本人町の秩序は頭領の支配で保たれていた。われがアユタヤに来た一六二七年のころの頭領は山田長政と名乗る人だった。駿河《するが》国の出身で、数年前から、頭領を務めているそうだ。日本人の男性を訓練して王様の警護隊を組織していた。同時に、外国船の出入を管理監督する仕事にも関わっていた。

アユタヤの港にはときどき朱印船が来航していた。オランダとエスパニアの武装船がたがいに敵対行為をしている海では、自身も武装しておらねばならず、大砲を備えた巨大な朱印船が来航した。日本の輸出品である金銀銅、硫黄、樟脳は高価であったから、外国船の強奪の的になりやすく、自衛のための大砲を装備していたのだ。船員のほかに二、三十人の侍が戦闘要員として乗船していた。あとは交易商人、通訳などで、渡航客は禁止されていた。こういう船に乗って日本に行くことはまず不可能だと見定めた。そして朱印船が来航するたびに、その絶望は深くなった。

例のシルバ船長事件は、モレホン神父の努力で和解に漕ぎつけていたのに、モレホンの和解案が気に入らない人々がマニラには多かった。新任のフィリピン群島総督ニーニョ・デ・タボーラは、ドン・ファン・デ・アルカラソを指揮官とするエスパニア船三隻を派遣し、まずマカオを封鎖していたオランダ船を攻撃して退却させたあと、シャムに向かって航行中、シャム国王が明に派遣した船を捕獲し、メナム河口でシャム船と日本の朱印船を焼き討ちして、日本人四十二人をマニラに連れ去った。この事件はすぐに徳川幕府に伝わり、長崎に碇泊していたポルトガル船三隻が抑留される事件となった。

このアルカラソ事件を契機にシャムのイエズス会の活動が禁止されてしまった。そこで一六二九年春、マニラから在俗神父のフランシスコ・デ・アブレウがアユタヤまで船で来て、アルカラソ事件についての謝罪と、一六二四年に没収された荷物に対する賠償を求めたが、国王が代わったという理由で、賠償問題は拒絶され、布教活動の禁止も永続される始末になった。

このアブレウ使節団が一六二九年七月二日にアユタヤを去ると知ったわれわれは、この機会にわれもマニラに渡り、日本に行く別な方途を模索することを決意した。

アブレウのエスパニア船は、おおよそ一ヵ月でマニラに着いた。一六二三年三月二十五日のリスボン出港は帰国の希望に満ちていた。しかし、すでにあれから六年余の年月が空しく経ってしまった。

勉強し修行し磨きあげた信仰の世界も、空虚な時間の浪費で錆びついていくようだ。われはすでに四十二歳である。人生五十が、ごく普通の寿命と思っているのに、すでにして体力の衰え、老化のきざし、神父として未だ召命に応えていない罪の意識に苦しむ。

9　白蟻

われはマニラのイエズス会のコレジオの宿泊所に迎え入れられた。

そこに、かつてマニラから日本への帰還をこころみたことがあるという松田ミゲル神父が訪ねてきた。マニラで司祭に叙階された彼は、一六二五年にマニラからマカオに渡航中、船が漳洲《シンシエオ》の沖合で座礁し、明の沿岸警備隊に捕縛されて獄中に拘禁されてしまった。十ヵ月ほど経って釈放されたが、獄中では大変な辛酸を嘗めた。明の獄屋は大部屋で囚人は裸に近く、排泄された大小便は垂れ流しという不潔さであったという。松田ミゲル神父が熱烈に故国に帰りたいと思っていたところに、われが出現したという訳だった。二人はたちまち意気投合して、帰国の方法を相談したことである。

二人のほかもう一人、われらと志を同じくする在俗神父、伊予へロニモがいた。彼は松田ミゲル神父と一緒に台湾から琉球を経て、故国へ渡ろうとして失敗した経験を持っていた。三人は、故国への帰還と潜入の希望を話し合い、そのためには、使い古しの船でも入手し、それに乗って渡海しようと相談していた。

この古船購入の夢が実現したのは、一六三〇年の四月にマニラのコレジオの学院長になったファン・ロペス神父の援助のおかげである。徳川幕府のキリシタン迫害に対抗して、信徒たちのために宣教の働きを志す日本人神父たちがいることに気付いたロペス神父は、われらの志を高く評価して、金銭的援助に乗り出してくれた。まずわれらのために、フィリピン諸島総督やイエズス会管区長から渡航許可証をもらってくれた。とくに、総督の聴罪師が熱心で、篤信の信者たちから義捐金を集めてくれたため、古船を買うことができた。イエズス会の二人の神父、われと松田ミゲル、さらに伊予ヘロニモを加えた神父三人組は、一六三〇年三月初旬、マニラ湾の近くにあるルバング島に渡って、寄進によって入手した古船を修理することにした。

ロペス院長からルバング島という名前を聞いたとき、十五年前の七月、マニラからマカオに渡るポルトガルの便船ナウから、フィリピンの島々を見送った最後にルバング島を見て、南海の島々のなかで、ひときわ美しく、ひときわ大きい島の姿を思いだした。あのとき、将来必ずこのルバング島に来るであろうという、理由の定かではない信念をいだいた。不思議なことと思っていたが、あれは主イエスの聖霊が伝えたことであったと今は思い当たる。そして、ルバング島で古船を修理すれば、それに乗ってかならず故国日本に到達できるという強い自信が心をしっかりと包むのだった。

人のいない海岸にニッパ椰子の小屋を造る目論見である。椰子の葉の屋根、竹を張った床、竹で編んだ低い壁、それを造るべく、われら三人組が慣れぬ手つきで作業していると き、近くに住むフィリピン人の老人五人が近寄ってきた。最初は見物に来たと思ったが、片言のエスパニア語で、「家を造るのを手伝いたい」と言っている。「それはありがたい。感謝する」と答えると、老人たち、慣れた手つきで、石を並べて基礎とし、竹を並べて枠組みとして家の形を造り、ニッパ椰子の葉で屋根を葺《ふ》いていく。奇蹟のように素早く、立派な形の家が出来ていく。あなたたちは大工かと尋ねると、首を振る。われらが一週間もかかって、材料の竹や椰子材を切断し並べただけなのに、彼らは三日で家をあらかた造りあげた。いや驚いた。しかも礼金を差し出しても受取ろうとしない。手を振って去っていこうとする。われが釣り上げた小魚を、素焼き皿に盛りアヒージョにして振る舞うと、これだけは喜んで食べてくれた。彼らが去ったあとには、頑丈な美しい家が残った。その晩、われらは海風の通る、涼しい家で寝ることができた。昨日まで砂浜に寝て蚊の襲撃にさらされていたのが嘘のように安楽になった。

翌朝、男たちの日本語で目を覚ました。マニラで三人の日本人神父が祖国へ帰るという噂を聞いた、本当ならば、自分たちを水夫として雇ってくれないかと言う。船長、水夫長、舵手、コック、水夫と、それぞれが得手な仕事を申し出る。われら神父三人組は相談する間もなく彼らを雇おうと決め、深く頷きあった。

古船の修理にかかった。船長は元船大工であったという。いや驚いた、なんという天佑であることか。

ルバング島の主任司祭マルチン・デ・ウレタが親切にも提供してくれた数種の椰子の木材や棕櫚《しゅろ》の小材や竹の束を用いて、船長の指示で古材を補強する。われはグジャラートの縫合船を思い出し、ココ椰子材と竹とを縒《よ》りあわせ、丈夫な補強材として、役立たせることにした。これには船長も感心してくれた。ただし彼はわれに挑むように、持参した裏針《うらばり》、すなわち、円形の木材の裏に磁石を貼り付け、円形の鉄皿に浮かべた羅針盤を作ってみせた。われは、水軍の父よりその手の製品を見せられていたので驚きはしなかったが、磁石のみを携帯し、いざという時、ただちに羅針盤を作りあげる彼の手際よさに感心した。見物する人々、船長の裏針を魔法のように見て、感じいること頻りであった。

こうして古船の修理と補強が一応終わったところで、われは日本式の櫓《ろ》を備え付けることを主張した。無風、逆風、突風などで帆が使えぬときに人力で進む、強雨や高波で視界が悪い時に、櫓と羅針盤で進むという案に、まず船長が賛成してくれた。しかし、彼は南国の樹木は強い陽光のおかげで生育が速いけれども、材質が疎《まばら》で脆く、堅牢でしなやかな櫓を作るのは難しいだろうと首をかしげてもいた。船長以外の水夫たちは、これまで南蛮風の帆船で働いていたので、櫓とはなにか理解できなかったし、ほんの小さな船の櫂を、またはガレー船の櫂しか思い浮かべていなかったようだ。古くからシナ人が使い、いまや日本国中で使われている櫓を水夫たちも、友の神父も、さっぱり思い描けなかったようだ。

われは船の艫に、櫓べそを作り、ニッパ椰子で櫓の柄と脚を作ろうとしたが、船長の言うように椰子材が、もろく折れ易いと気づいた。船長と二人で森に入り、適材を探した。巨木が並び立つ暗い密林である。船長が斧で目通りあたりの樹皮を剝ぎ、材質を調べた。半日さまよい、名前は不明だがカシの木に似た材質の木に出会った。日本でも櫓はカシとシイで作るから、これぞ適材と目された。一同力を合わせてそれを切り倒した。われは船長と励ましあいながら夢中になって樹を削り、十日ほどで、ついに櫓を完成させた。海に浮かべた船の艫に櫓べそをつくり、新品の櫓をつけた。櫓を漕いでみたところ、不都合な箇所があり、長さ、幅と調節するのに数日かかった。われが試しの櫓漕ぎをしていると、いつのまにか一同が見物しており、拍手と歓声で応じてくれた。

古船の修理を終え速成の小屋に入れて保存してから、つぎの段階に移った。航海で必要な水、食糧、修理用の工具、嵐で破れた帆に代る新しい帆布、魚釣りの道具などである。食糧としては付近のバナナ畑になっているバナナを干して、干しバナナを作った。椰子の実を集めて、牛乳代わりにした。竹の水筒を作って飲料水を確保した。船長と伊予へロニモ神父は、ルバング島民の渡し船に乗ってルソン島に渡っては、野菜や麦や米を買い集めた。

出発の準備は着々と進んでいると、一同意気があがったところに、思いもよらぬ珍事に襲われた。修理成った船を小屋から引き出して海に浮かべてみると、水没しそうになったのだ。不審に思って調べると、船体は穴ぼこだらけ、白蟻があちこちに群れていた。気がつけば小屋の周辺には白蟻の巣である土の塔があざ笑うように建っているではないか。われらは、人間の立てた計画が不確かで、もろいものであることを思い知らされた。

すでに六月になって、雨期の前兆としての大雨が降り始めていた。ルバング島の雨期は、七月始めから十月末の間で、雨のため視界が狭くなり、遠目が利かないのが航海の邪魔だが、反面、琉球から九州に近づいたときに幕府の御目付の見張り番に見つからずに済むという利点もあった。しかし、風の問題から言うと、すでに日本に向けての南風が吹き始めていて、大急ぎで出発しなくてはならなかった。白蟻事件に悲観している神父や水夫たちに告げた。

「白蟻は退治するほかない。主はわれらを鼓舞し、団結させるために、この試練を与えたもうたのです。われらはこの試練に打ち勝ち、主の愛にこたえるのです」

われはなおも言った。

「内側から材木を打ち付けて、応急の修理をして、水漏れさえなければまず出発しよう。途中で水漏れがあれば、椰子繊維で縫い合わすのです。グジャラート風の縫合船にするのです。修理に必要なのは、椰子繊維とココヤシの材木だ。これだけは修理に充分なだけ集めて積み込みましょう。航行中交代で修理にあたりながら、吹き始めた風に乗って故国日本に向かおうではないか」

元大友藩の水軍であった父ロマノ岐部から和船の櫂の漕ぎ方、帆の扱い方、船の修理法などを、子供のころに教わっていたわれは、嵐の中を船を修繕しつつ航海した父の話を思い出し、その昔話は、みんなを勇気づけた。白蟻の駆除と船の修理がかなり進み、食糧は満杯、いざ出発というときになって、水夫として雇った者全員が憂い顔をそろえて、強い要求を突き付けてきた。船長と綽名で呼んでいた一人が一同を代表して強い言葉で三人組の神父たちに迫ってきた。

「パードレがたよ。日本に着いたとき、将軍さまのお役人さまに発見されることがあります。こういう場合、わたしらのようなただの水夫は許されますが、船長、水夫長、舵手、コックなど役柄のある人は、捕らえられてすぐ打ち首の刑に処せられます。わたしは、一度パードレがたを日本までお運び申しあげたときにそのような目にあいました。そこでお願いがあります。わたしどもが、船長、水夫頭、コックなど、ただの水夫ではないことを、お役人さまに伝えて、パードレがたとご一緒に天国に行けるようにしていただけませんか」

彼の真剣な願いを三人組は、直ちに聞き入れた。と、同時に、彼とその仲間たちの深い信仰に感嘆した。そして、彼を船長とし、水夫長、舵手、コックとそれぞれに役職名を与えた。

一六三〇年六月中旬に出発の時が来た。なぜか伊予へロニモ神父だけが姿を現わさない。彼もこの日本行きの航海を楽しみにしていたのにどうしたことか。日本で荒れ狂っているキリシタン断罪の現状に臆したかともちらと思ったが、いやいやと打ち消した。彼は優れた司祭である、毎朝あの家で、ともにミサを捧げ、イエスにおのれの日本での司牧と、いつかは訪れるであろう死を誓っていた仲間を疑ってはならぬ。

「主イエスよ、われの故なき疑いを許したまえ」とわれは手を合わせた。

コレジオのファン・ロペス学院長が一人ののっぽの神父とともに現れた。

われらは横長に並び、日本風に深々と頭をさげ、代表としてわれが話した。

「学院長様。ほんとうに何から何までお世話になりました。あなたにお会いできて、わたくしたちは、故国日本に帰るという、長い間それができずに悲しんでいた絶望から立ち直ることができました。ほんとうに心の底から感謝いたします。今わたくしたちは大変に幸福です。これ以上の幸福はありません」

「あなたは心の底から幸福なのですな」

ロペスの眼は、ほんの一瞬われを射通すように見つめ、柔和な笑いの奥にしりぞいた。その眼が雄弁に語っているのは、イエスの後を追うと決心したわれの心を見定め、そのあげく、イエスの心でわれの志を喜び讃えたのである。その確かな笑顔で彼は近づき、われをきつく抱擁してくれた。彼は泣いていた。われも泣いた。そして二人は喜びの涙を流し続けた。ファン・ロペス、なんという素晴らしい人物であることよ。

彼はわれを放して、

「日本での宣教の成功を祈ります。日本人の深い信仰に敬意を表します」

と力強く言った。

ところで、のっぽの神父はガブリエル・ゴンザレス神父で、実に十五年ぶりの再会である。長身の偉丈夫になったかつての修道士は手際よく話す。

「南方のミンダナオ島の教会司祭をしています。今回、マニラに出向き、コレジオの図書館で調べものをしていたら、ドン・ペトロ岐部カスイの名前を聞きつけ、きょう出港と知って、お見送りに来ました。もっと早く気が付けば、あなたに会いに来て、いろいろと懐旧のことども、今の情勢を語り合いたかったのに」

ガブリエルはわれの手をきつく何度も握りしめ、ついでわれを抱擁する。ともに思い浮べたのは、ミゲル高麗《こま》の奇蹟の麦を集めていた十五年前の若き日々であったろう。

ルバング島の主任司祭、マルチン・デ・ウレタ神父も見送りに来てくれた。日焼けした偉丈夫が涙を流して別れを惜しんでくれる。本当に親身になって、われらを世話してくれた人であった。

遠くで手を振っているのは、家を造ってくれた地元の爺さんたちだ。なんという温かい心の人たち。

連日の雨で、濡れそぼった波止場を、船はぬるぬる撫でつつ、離れていく。帆をあげると強い南風でふくらむ。波止場が遠のいていく。舵手の横に座って手を振るが、もう人々は雨の幕のむこうに消えてしまった。

右側、水平線のあたりにルソン島が緑の線になって、いまにも消えんばかりだ。舳先が波をたたいて飛沫をあげる。計画によればルソン島の西側を北上して与那国島、石垣島と沖縄諸島に寄り添いながら九州に近づいていき、深夜薩摩のいずれかの島に上陸するつもりだ。順調にいけば二十日間の旅である。十五年前の、ドン・ガブリエル・ゴンザレスとともに乗ったエスパニア快速船の旅では、四月下旬に長崎を発ち、気まぐれな春風のため、ほとんどあらゆる方向からの風を受け、逆風に翻弄されて、マニラに着いたのが、六月上旬であった。すでに雨期であり、南風の季節風が逆風になっていたためである。それに比べれば、今の船旅のほうが雨期の順風であるだけ、条件は恵まれている。

密航船であるからには闇夜に距離をかせぎたいとは思うが、暗礁にでも乗り上げたら事である。そこで距離をかせぐのは昼間のみと決めた。帆の力を借りつつ、櫓を漕いで旅程をかせぐのだ。櫓は舵取りの役目も果たしてくれるので、ルソン島という有難い目印が雨脚で隠されても、風と羅針盤をたよりに進むことができる。雨は飲み水になり、海は釣りで食物をあたえてくれる。コックは魚料理の腕前がよく、人々はその料理を喜んで食べた。

十日ほど経って、沖縄の美しい島島を左手に見て東北へと進路を変えるころには、旅慣れたせいか、遊山気分がみんなに出てきたようで妙に声高に笑ったり、歌を唄ったりする者も出てきた。とある島に近づいて景色の見物をしているとき、島から一隻の和船が出てきて、こちらを追う気配が見てとれた。船上に侍の一隊が見える。船長が怒鳴った。

「怪しき船ぞ、逃げるべし。右舷開き、満帆で東にむかう！」

われは、櫓を力一杯に漕ぎ、帆は、右側よりの風を受けて、半ば捻じれつつも一杯に膨れ、われらの船は全速で走り、ぐんぐん怪船を引き離した。やがて相手は水平線の向こうに消えた。

咄嗟の判断で沿岸警備船に追われていると悟るや、正確に最高速度で航行する方向を見定め、帆と櫓との協力で逃げ切ったのは船長の手柄である。人々は感服した。

「あれは、おそらく薩摩のお役人さまであろう。とするとわれらは九州に近い所にいる。九州に上陸したいのは山々であるが、用心いたさねばならぬ。いかがいたそうか」

船長の言葉に一同考え込むうちに、風雨が強まり、高波が襲いかかり、その巨大な口が船を飲み込む勢いだ。船長は、

「嵐の来襲ぞ」

と叫び、その命令で一同帆をたたみ、甲板にばらけていた物品を船底に仕舞い、縄でおのれをマストに繋いだ。われは櫓を流されぬように引き揚げたが、時すでに遅く、怪獣さなが

らの大波が櫓をくわえて去った。ああ、われらの櫓は奪われた。大失敗と落胆するうちに、船は、すでに水浸しとなり傾いている。寸刻あとには転覆して沈みかかった。嵐にはそれを予告する異変があるはず。風勢が増す、高波がさらに育つなどがあるはず。ところが、この嵐は唐突でまるで冗談ごとのように襲ってきた。これはデモーニョという悪魔の仕業だ。あのモンセラート修道院の悪魔が姿を現した。われは船長と二人、緊急持ち出し用の杭を縄で体に巻きつけた。それは、船の転覆や沈没のばあい、杭に袋を結びつけ、中に日本の金銀銅の貨幣と大切な私物、われの場合は、聖務日禱書、日録を入れておいたもの。

船長が怒鳴った。

「われらの船はいまや転覆沈没、おのおのがた、海に飛び込み、泳ぐべし。目標……」

その時、摩訶不思議にも彼の指差す方角に島の影が、丸みを帯びた手の甲さながらの島が、われらを招くように見える。人人つぎつぎに飛び込み、巧みに泳ぎいく。われは船長の左側に、松田ミゲル神父は右側に並び、存外に近い島に向かって泳ぎ出す。風は怪獣デモーニョのように鳴き立てる。が、島に近づくにつれて、それは怪獣の死のように静まっていった。波も収まり、人人も、静かにおのがじしの泳法……抜き手、胸泳《きょうえい》、煽《あお》り足……をまもって進んでいく。島に上陸。一同、さすがに疲れ果て、倒れ伏して汀《みぎわ》の波に洗われることしばし。やがてひとり、三人と乾いた砂を歩き、今度はあおむけになる。船長、人を数えるに、

「全員無事ぞや」と喜び叫ぶ。幸先《さいさき》よしとみなが喜ぶ。

砂浜の尽きるところに松林あり、萱葺きの民家を囲んでいる。水と食べもの、衣服を調達しようと船長立つ。コックも立つ。無論、いくらかの貨幣を持ちて。

一刻経ち、二人と島人、老夫婦と娘、両手一杯の食物を抱えて現れる。水に握り飯に煮込み野菜である。コック、借りた焜炉《こんろ》の炭に着火し魚を焼き始める。一同、まずは水を飲み、握り飯を食い、魚の焼けるを待ち、ようやく元気よみがえる。

船長の報告、

「あの家は爺さまの持家で、かなり広い屋敷である。爺さまは村人の長《おさ》で、この島は薩摩の南に連なる薩南諸島のひとつ、吐噶喇《とから》列島の中之島だ。ここは嵐や突風の通り場であり、水害風難の遭難者は毎年絶えない。そこで爺さまの家には、遭難者用の食物や衣類が準備されており、われら一同は歓迎されている」

爺さまの挨拶、

「わが殿、島津公のお情けにて、みなみな様、受難の方方をお救い申す。まずは非常食、着替えは進呈、望む方方には古船の売却も引き受け申す」

爺さまの案内で一同納屋にいき、半纏、すててこ、ふんどしなどをめぐまれた。五艘の古船があるが、船底に穴のない一艘を選ぶ。櫓と櫓べそが、腐っていて、これはどの船も同じだ。櫓の腕も脚も堅牢な材木で作るのが定法だが、爺さまに尋ねても島には松、杉、椰子しかないという。しかし杉は殿の大事にしている材木で伐採は厳禁だという。だとすると赤松でつくるほかないが、なんとも頼りない。

　数日経った或る朝、われはデモーニョの荒波で櫓を抜き盗られた時の落胆を思い出しつつ浜を歩いていた。と、目の前の波うち際に、夜のうちに流れついた沈没船の破片らしいものを発見した。舳先、帆柱、お、櫓だ。櫓は、腕も脚もまったく損傷を受けていない。これなら充分つかえそうだ。櫓べそも発見した。脚の下につけ、櫓べそに嵌め込む入れ子もある。これは使える。われは、櫓と櫓べそ材を丁寧に担いで爺さまの屋敷にむかった。われらの船を転覆させたあの大波は、決してデモーニョの仕業ではなかったのだ。あれこそ、主イエスの為された恵みであったのだ。われの運ぶ櫓と櫓べそが、われの肩の上で朗らかに唄っていた。われは躍る足並みで屋敷の門をくぐった、例の古船を買うことにすると船長と松田ミゲル神父に告げるために。

　古船の代金は杭に結んで運んできた貨幣で払った。船を砂浜に運び、櫓を取り付ける作業にかかる。作業は簡単で、水に浮かべると、一同乗り込み、われが漕ぐと、さっそうと進み、一同歓声をあげた。数日分の糧食と水桶をわれらの船に運び込むあいだ、沈没船の痕跡を消す焚火が焚かれる。ともかくフィリピンを思わせるものは焼いてしまうという方針で、われは大切にしてきた日録ももはや危険物だと気がつき、丹念に焼いてしまった。翌朝になると波は灰を綺麗に洗い流し、焚火の痕跡は消えていた。

最後の旅に出発である。薩摩まで三十里。われと船長が櫓の漕ぎ手であるが、他の者も航行を助けようとして、交代で漕ぐ。追い風の押す波は穏やかに進み、波に乗った船は、素人が漕いでも、なめらかに進む。

四日経って船は薩摩の坊津《ぼうのつ》に着いた。沿岸警備の侍どもの前に、津口番所と呼ばれている港の見張り所の役人の前に連れていかれたが、長い航海で日焼けして伸び放題の髭の哀れな姿を見た役人はこやつらはキリシタンではない、ただの商人じゃと見て、難なく上陸を許してくれた。

のみならず、故郷の名前を言えと命じ、身分の証文書を作ってくれた。われは、「豊後国東浦辺出身、商人、平蔵」という証文をもらった。役人が薩摩弁で話しかけてきたので、われは豊後訛りで応答した。松田ミゲル神父のほうは、天草志岐の出身であったから九州南部地方の商人言葉を自由に喋ることができたので、何ら疑念は持たれなかった。水夫たちは薩摩の出身者がほとんどで、尋問されて疑われることは何もなかった。

こうして一同無事に商人の身分で入国できたのだが、もし嵐で難破しなかったら、異国船として不審に思われ、キリシタンと疑われて逮捕され、拷問つきの取り調べをうけることになったであろう。あの不意に襲いかかった嵐こそは主の与え給いし大いなるお恵みであり、決してデモーニョなどではなかった。嗚呼、信仰薄き者よと、おのれの心を鞭打った。

日本を旅立ちマニラに向かったのは、一六一五年春、花吹雪が終わり青葉の芽生えが始まるころであった。いまは、一六三〇年の初夏。十五年もの長いあいだ海外に滞在したことになる。このたびのルバング島出帆は一六三〇年六月中旬、坊津に着いたのは七月中旬。およそ三十日間の航海であった。

五月雨《さみだれ》にけぶる故国の山河の何という美しさ、茂って奥深い竹林と巧妙に曲がりくねった松の、なんと懐かしい姿よ。

反面、うつむき加減で歩く人々の暗い表情に胸が騒いだ。これから先は平坦な道を歩むのではない、九十九折《つづらお》りの険しい坂を登るのだという思いが迫ってくる。

主デウスよ、主イエスよ、
聖イグナチオよ、聖ザビエルよ、
われをお守りください。

顔は、雨に打たれ、わが涙は雨に清められていく。雨は止めどもない聖霊の流れである。

10　九州の日々

番所を出て、水夫たちと別れを惜しむ。われと松田ミゲルの二人の神父は船に戻る。われらはこの船で、長崎近辺にまで漕ぎゆくことにしたのだ。

われは一六一四年のキリシタン禁制以後、長崎を中心に宣教活動をし、また殉教者の記録を集めてきた。しかし、あれから十五年経った間に、信徒への弾圧は激しく、宣教者の数も減っているであろう。そのあたりを調べるには、弾圧の指令を行っている奉行所のある長崎近辺に隠れ住む人に聞くのがよいと思ったからである。

われら二人は野母の港に上陸した。

あのとき、われをエスパニアの快速船まで送ってくれた土地の漁師が、すっかり老いてはいたが健在で、長崎の情勢は自分のような一介の漁夫にはわからないが、詳しい情報はポルトガル商船の元事務長であったシマン・ヴァス・デ・パイヴァに聞くといいと勧めてくれた。パイヴァはアユタヤのメナム河においてエスパニア船が朱印船の積荷を強奪したうえ、焼き討ちをした事件の報復のために、長崎に足止めになっているのだが、長崎奉行竹中重次の友人でもあり、キリシタン弾圧について詳しいとも教えてくれた。

老漁師の案内で港の外国人居住区のパイヴァの家を密かに訪ねた。彼は敬虔なカトリック教徒でイエズス会の司祭であるわれら二人を喜んで迎えてくれ、一六二九年七月末、長崎奉行になって赴任してきた竹中重次奉行のキリシタン弾圧を詳しく聞くことができた。

赴任直後、竹中奉行は、キリシタン数十名を雲仙岳に連行して、二週間余の拷問を行って棄教を迫った。拷問とは温泉の熱湯を注ぐ残酷な行為であった。次いで奉行は長崎西坂で逆さ吊るしの拷問をおこない、転向者への踏み絵を強制し、その結果キリシタンと見ると首を刎ねていき、キリシタンを根絶やしせんものと躍起であった。暮れ方パイヴァ宅を辞してから、われら二人は無言で海岸沿いの道を歩いた。多分二人は同じことを思っていたであろう。

これより、われらは主イエスの献身にならっておのれの命を捧げようとしている。生きる人間は死を逃れられぬ。死の瞬間を美しい幸福にさせたまえ。

翌朝、トドス・オス・サントス教会跡に近いキリシタンの交易商の家を訪ねた。十五年前より格段と茂りが濃くなった竹林は奥の住居を隠し、それを恰好の隠れ家に替えていた。竹林の下道を抜けると視野がひろがり、広々とした畑が現れた。少し腰の曲がった白髪の人が芋と野菜の収穫をしていた。声をかけると振り向いたのは、明らかに顔を見知っている交易商であった。座敷に上がり、障子が閉められると二人は深々と頭を下げ合った。

三人の消息が話題になった。まずは弟のジョアン五左衛門とその妻ルフィーナの死である。

「あれは元和四年（一六一八年）の夏のことです。五左衛門殿は、あるパードレに頼まれて筑前と筑後のキリシタンを慰問することになりました。多くのキリシタンを訪問して回り、弾圧にめげないように励ましながら、慰問のため、小さな木彫りの観音を渡して、頼まれごとを果たしたと晴れ晴れとした気分で長崎に帰ってきたのです。ところが筑前の福岡城主黒田長政の密偵に怪しまれ、後をつけられていたので、筑前のキリシタンの住所もあちらに知られてしまったのです。長崎のわが家まで、数人の黒田の侍たちが踏み込んでまいり、五左衛門殿と奥方を逮捕して福岡城に引き立て、長政の検分で二人は即刻打ち首になったのです。母上のほうは、あまりにも年寄りだということで、お仕置きは受けずにわが家に残されました。あ、言い忘れましたが、私は、竹林の端に作った秘密の地下道から逃げて親戚の所に数日泊めてもらい命拾いをしました」

「弟夫婦の死を母は悲しんだことでしょう」
「いいえ、母上様は気丈な方ですな。息子殿、嫁さんは、この頌《しょう》さえとなえれば、天におられるイエス様の近くに永久に生きていると、明るい顔で申されました。自分の子夫婦をイエス様に捧げるのが嬉しいという、あのお気持ちが私には健気な信仰と思われました。でも、お母上は数日後に不意に倒れて亡くなられました。不思議なことでございます」
交易商は、庭の片隅に母を埋めて、石の墓石を置いてくれていた。われは母の墓に十字を切って合掌した。商人には何度も頭を下げてお礼を言った。

つぎに、故郷の国東半島を訪れた。そこの景色は以前とはまるで違って、荒涼としていた。昔は海岸にいくつかの村落が並び、実り豊かな田畑が広がり、港には大友水軍の軍船がどっしりした存在感でたゆとうていたが、すべては夢のように掻き消えていた。海岸には枯れ枝の浮かぶ海と一軒の家もない藪が、原始の岸辺のように波音を響かせているだけであった。

松田ミゲル神父と別れてからわれは、薄氷を踏みつつ、信者たちの信仰を守る仕事に努めた。昼間は宿の奥に隠れ、日暮れになると宿を抜け出して、信者の家を訪問して回った。説教し、ミサを開き、秘跡を授けた。長崎近辺には、数人の宣教師が活動していたようだが、おたがいに連絡して、司牧の成果を語り合うこともできず、われは孤独のまま、おのれの得意と思う方法で動きまわっていた。しかし、奉行の竹中重次や代官の末次平蔵の執拗な探索のために、宣教師たちはつぎつぎに逮捕、拷問、馘首により、壊滅に追い込まれていった。

奉行と代官は、キリシタン禁制だけでなく、キリシタンを自宅に宿泊させたりすることも厳禁とした。そういうさなかに、一六三〇年も暮れていった。

その冬の寒い日、坂道を登りながら、ふと先を行く人の背中を見ると、懐かしさを覚えた。寒そうに肩をすぼめている姿に見覚えがある。そうだ、伊予へロニモ神父ではないか。われは早足で男を追い抜き振り返ると、まさしく彼であった。彼をわが下宿に誘った。ルバング島出発の日に現れなかった理由を彼は初めて明かしてくれた。

マニラの日本人町の司牧をしていたが、大勢の熱病患者が出て、看護にてんてこまいだった。あの出港の日も、早朝から子どもの看病をしていて、疲れて眠っているまに出帆の時刻を過ぎていた。そのあと必死で便船を探したけれど、日本に行く船がない。すると日本人町で沖縄と密貿易をしている海賊みたいな人たちが、九州までは無理だが、薩南諸島なら、ちょっと寄ってやると言う。なんと、海賊船の船長の長男が、君たちが出発する日にわれが看病していた子どもだった。それでなんとか、日本に来られたという。

伊予ヘロニモは高らかに笑った。われは、ルバング島出発の日、たとえ少しでも、彼を疑った自分の心を責めた。彼こそは誠実で勇気のある立派な司祭であった。その後、長崎とその近郊の司牧を熱心につとめ、畿内と長崎との連絡係としても重責を果たした。しかし、二年後、一六三二年夏、ついに奉行所の手の者に捕えられ、火刑に処せられて殉教した。


伊予ヘロニモが亡くなった直後に、まるで彼の生まれ変わりのように、かつてマカオからゴアまで一緒に旅をしていた三人組の最年少者、小西マンショが帰国した。海辺の小道ですれ違ったあと、われが振り向くと彼も振り向いていたのだ。

一六〇〇年生まれの彼は、三十二歳の偉丈夫になっていた。四十五歳となったわれのような老人とは違って、彼は潑溂として信者たちに奉仕し、しなやかな身体を巧みに使って潜伏宣教に努めていた。

彼の口から、三人組のミゲル・ミノエスの死を知らされた。ミゲルは一六二八年五月、日本への帰途についたが、乗船したインド艦隊が出港直後に嵐に襲われて引き返した。しかし、その折の負傷の後遺症でリスボンで客死したという。ああ友よ、帰国の志を遂げえず帰天したのは、さぞ心残りであったろうと、われは小西と抱き合いつつ泣き濡れた。

小西マンショは、長崎だけでなく、遠く畿内にまで足を延ばして司牧に努めていた。それまで、長崎から北九州だけを行動範囲としてきたわれには、驚くべき広さの活動範囲である。

潜伏している宣教師の大勢がまるごと逮捕されて処刑されたのは、一六三三年である。この年の十月十八日に、イエズス会の管区長代理で、日本司教区の責任者であったクリストヴァン・フェレイラが、数時間の逆さ吊りの拷問に耐えられず、最初の転びバテレンとなり、日本に帰化して沢野忠庵と改名して、以後、逮捕された外国人宣教師の通訳を務め、またキリスト教が邪教であるという『顕偽録』なるものを書いて幕府に協力した。

フェレイラが転んだときに、一緒に逮捕された天正少年遣欧使節のひとり、中浦ジュリアンが三日間逆さ吊りの拷問に耐えたのち絶命した。信仰に少しの揺るぎもない、厳然とした殉教であった。人間の真価は、身分や知識にあるのではないことを中浦ジュリアンは示してくれた。さらに、マカオでわれと親しかった天正遣欧使節のひとり原マルチノ神父は、一六二九年にマカオで病死していたと、これは小西マンショの報告であった。

フェレイラが転んだころ、われと一緒に、ルバング島から日本に来て坊津に上陸したイエズス会士松田ミゲル神父の身に災厄が襲いかかった。キリシタンの取り調べが厳しくなり、宿を貸した者の一家も全員が斬首されると知った隠れ家の家主が、暴風雨のさなかに、いきなり神父を戸外に締め出した。三日間暴風雨に翻弄された挙句、ミゲル神父は飢えと寒さで死んだ。潜行している神父をひそかにかくまっていた勇気あるかの如き信徒が寝返ったのだ。一六三三年九月末のことで、フェレイラが棄教する半月前の出来事であった。

幕府のキリシタンへの迫害が、日々に激しくなり、多くのキリシタンが無惨に殺害されるに従って、長崎を中心に集まっていたキリシタンたちは、ある者は信仰を捨てて仏教徒に鞍替えし、ほかの者は九州を出て畿内へと逃げ、さらに東北地方へと足を延ばして、身の安全を図ろうとした。

九州にいたのでは、キリシタン信者たちの信仰を守るのが難しくなったと情勢判断をしたわれわれは、まず京都へ司牧の場を移そうかと考えた。小西マンショによると、畿内でのキリシタン迫害もひどく、多くの人々が東北に逃げているとのことだ。長崎よりも都のほうが大きな都市で、大勢の人々の間に隠れて司牧ができると思ったのだが、畿内よりも東北に直行すべきかと、われわれは思い悩んでいた。

11　東北の日々

「豊後国東浦辺出身、商人、平蔵」という、坊津の役人がくれた証文をわれは利用していた。東北に向かったのは、一六三三年十月のころである。

ルバング島から、ずっと苦楽を共にしてきた友人松田ミゲル神父の悲惨な死は、われを遣りきれぬ思いにさせた。せっかく故国に帰ってきながら、まだいくらも宣教師として働かぬうちに、信用していたキリシタンの裏切りによって無残にも殺されるとは。その無念を主イエスの苦しみに重ねながら、われは弔いの祈りを捧げた。

ところで、京都をあきらめて東北に向かいながら、われには安全な地方に逃げるという気持はなかった。九州や畿内での迫害を避けて、まだそれほど迫害の激しくない東北地方に避難する信者が多く、彼らのために、奉仕することは聖職者の義務だと思ったうえでの行為であった。

フェレイラの棄教の後、東洋諸国のイエズス会の巡察師や管区長のいるマカオでは誰を管区長代理および日本司教区の責任者にするかが問題になっていた。マカオの巡察師マノエル・ディアスは、ローマからの指図があるまでの一時的措置として、プロフェッソ（盛式四誓願者というイエズス会内部の司祭の最高の階位）としてジョアン・バプチスタ・ポルロ神父に当面の間の副管区長を命じたと、これは一六三六年マカオから潜入してきた神父から聞いた話である。

ところで、マカオがこのころ、東北地方にいた宣教師と見なしていた五人の名前はつぎのようだ。筆頭がポルロ、以下順番通りに名前をあげると、式見マルティーニョ、結城ディオゴ、小西マンショ、岐部ペトロである。

このなかで結城ディオゴは、一六一六年（元和二年）にマカオから日本に来て潜入して京都、江戸、東北などを移動しながら宣教に励んでいたが、ふたたび京都に来て、一六三六年（寛永十三年）大坂で逮捕され、逆さ吊るしの拷問で、すでに殉教していた。

また、小西マンショはローマで研鑽を積み、一六二七年司祭に叙階されて一六二九年帰国の途につき、一六三二年マニラから日本に潜入した。畿内、とくに大坂で宣教に努め、その後東北にきて活躍していた。

われが東北地方の布教に従事し始めたのは、一六三三年十月のころである。この年の九月には、松田ミゲル神父が死没し、十月にはイエズス会の管区長代理のフェレイラが棄教していた。

幕府のキリシタン弾圧が九州地方では、長崎を中心にして激しくなり、これまで信徒であった者が神父を裏切り、イエズス会管区長代理であった人が信徒たちを捨てて幕府方に付いたのである。そして大勢のキリシタンが九州地方を抜け出て畿内から東北へと逃げていたのだ。それに、仙台藩主の伊達政宗は、かつて一六一三年（慶長十八年）家臣の支倉常長を正使としてエスパニアとローマ教皇に信書を送り、通商協定を結ぼうとしたし、常長はキリシタンとなる洗礼を受けて帰国したほど、エウロパ・キリシタンと縁が深かった。もっとも、その翌年、幕府がキリシタンの宣教師や有力キリシタンをマカオとマニラに追放してからは、政宗もキリシタンとの交易や親交を中止するようになったのだが。支倉常長は噂によれば、旅のあいだエウロパで洗礼を受けてキリシタンとなったために死罪を仰せつけられたとも伝えられている。もっとも、この話は推測に過ぎず、主家が幕府の訴追を受けないように伊達家の幕府への心証をよくしたい家臣が目立つ暗殺をおこなって支倉常長を亡き者にしたとも推測される。いずれも推測であって真実だとは断言できない。

一六三七年末に島原で乱が起こった。すでに東北で司牧していたわれわれには乱の起きた事情が、キリシタン弾圧への叛乱であるという噂が本当らしいとは思ったが、幕府の徹底した残虐や殺戮に反撃するほどの力がキリシタンにあるとは考えられなかった。はっきりわかったのは、この乱が翌年春に終結したあと、幕府のキリシタン禁制の動きが、九州ではさらに厳しくなり、その余波は東北にまで伝わってきたことである。とくに以前、キリシタンの国々と親交があり、特使支倉常長がキリシタンに改宗したといわれていた仙台藩に対しては、幕府は藩の役人を直々に呼び出して、キリシタンの探索を厳格に行うように命じたと噂されている。

また、九州、畿内から多くのキリシタンが東北地方、とくに仙台藩に多く逃げて各所に隠れていることも幕府がたでは、密偵による探索、住民からの聞き取りで関知していた。一六三八年十月二十日（寛永十五年九月十三日）、幕府はキリシタンを訴えた者に報奨銀子を出すという触れを立札に示した。

覚え

一、ばてれんの訴人　　銀子二百枚
一、いるまんの訴人　　銀子百枚
一、きりしたんの訴人　銀子五十枚

右の訴人はたとえきりしたん宗門の者でも宗門をころびたる者はその罪を許し、褒美として右の銀子を与えるものである。「ばてれん」は神父、「いるまん」は修道士である。

ところで、おそらく藩主伊達忠宗の意志でもあったであろうが、仙台藩では、褒美の金子の額が桁違いに多く告示された。

一、伴天連の訴人　黄金十枚
一、いるまんの訴人　黄金五枚
一、きりしたんの訴人　黄金三枚

この布告の立札がたてられたのは、仙台四郡、白石、三迫《さんのはざま》、水沢であった。キリシタンでない人々には、さすがは伊達のお殿様だと感心したと思わされ、キリシタン狩りに精を出す者も増えてきた。

藩のキリシタン取締りは、布告を出しただけではなく、藩内の住民すべてを詳しく吟味するところまで周《あまね》く行われた。すでに三年前には、藩士全員の宗門調査がおこなわれていたが、今度は、全住民が店子、下僕、下婢まで調べられた。全住民の詳しい人別帳が作成され、各自の属している宗派も申し出て記録された。村で一人のキリシタンを匿っても、村人がすべて連帯責任者だとして罰せられた。土地を持たぬ下僕に密告をうながすために身分の独立の保証と土地という褒美が与えられた。しかし、いくら詳しい人別調査をしても、浮浪者、行商人、宣教師のような住所不定の人人をすべて吟味することは不可能であった。そこで考え出されたのが寺や神社や山伏の作った護符を、人目につくように着物の衿に縫い付けねばならぬという掟である。

　こういう執拗な探索から逃れるのは難しく、人別取り調べに慣れた役人には、衿の護符が偽物であることはすぐに見破られた。

　われが根拠地としていたのは、仙台藩水沢の周辺であった。キリシタン武将、後藤寿庵の領地であった見分《みわけ》までそう遠くない地方である。一六一一年、ルイス・ソテーロ神父が見分に来たとき、寿庵は、自領に布教所を造り、伝道師を置いた。一六一五年、すでに幕府の宣教師追放令がでているのにデ・アンジェリス神父に東北地方の布教をたのんだりしている。見分は、北が奥州街道、水沢から下嵐江《おろせ》と奥羽山脈を越えて横手、秋田に行ける官道につながり、きわめて交通の便がよかった。しかも見分は水沢のように人目につきやすい所ではないので、人目につくという欠点からはまぬがれていた。

　後藤寿庵の生きているとき、見分は全村がキリシタンであった。下嵐江の集落には六十人の信徒が住んでいて、宣教師たちの休憩や宿泊に便利であった。われもしばしば、この地を訪れた。その場合、護符が偽物だと分れば、たちどころに逮捕されたであろうが、なぜか密偵たちの目を欺くことが出来た。われが風貌も着衣も田舎の百姓そっくりであったためであろうか。

　われは、昼間は信者の家の奥に隠れて眠り、暗くなると、寝所を出て、街道を避けて森や谷底や裏道を通り、洞窟や地下室や土蔵のなかにひっそりと集まっている信徒たちに、説教し、ミサを捧げ、その信仰を勇気づけた。われの九州訛りは、東北の人々にはおかしく聞こえるようだが、なにしろキリシタンの都ローマでパードレに叙階された人ではあるし、日本人として初めてエルサレム巡礼を果たした人というので、評判はその地一帯につたわり、遠い地方からもその日曜ミサにあずかろうと、陸続と信者たちが集まってくるのだった。

　われは、あまり雄弁ではなかったが、水軍時代の訓練で、波音を押さえて遠くの味方の軍勢に船長《ふなおさ》の命令を伝えるように大声を鍛えていたため、その説教が遠くまでよく伝わり、信者たちの人気の的になった。

　水沢周辺には仏教寺院が多く、住職のなかにもキリシタンの教義に関心を持つ人が時々いるので、話し相手になり、友人になり、寺の本堂の下に大きな地下室を造り、キリシタンの集会所にさせてもらうことに成功した。

この地下室、四方に逃げ道を備え、いざ密偵や役人が踏み込んできたときには、素早く逃れるように工夫を凝らした。上の本堂では、住職が夕べの仏教の勤行をし、キリシタン狩りが迫った場合には、大きな鐘を力一杯に撞いたうえ、木魚を打ち鳴らすのであった。捕り手の武士どもが耳を押さえているうちに、地下の信徒ども四方に逃げ出すという仕掛けで、これを考え出したのは住職であった。彼は真面目一方の人ではなく、洒落っ気もあり、声も大きく、その巧みな説教で檀家の人々の評判もよかった。

われはまったくの乞食の生活で、イエズス会の清貧の教えを厳密に守っていた。信徒たちはイエスの十字架の死が人々の罪を拭い去ってくれたこと、三日後の復活が人々の信仰をささえてくれたこと、オリーブ山から天に昇り雲の中に消えたイエスが、今も、彼に対する信仰を持つ人々の守り神として働いていることを、その地を訪れて、イエスの足跡を訪れたわれの話を聞くと心から信じられるらしかった。

ミサが終わると、人々は、四方にちらばりつつ帰宅した。われが宿泊している三宅藤衛門夫婦は熱心な信徒で、われの語るイグナチオの神秘体験に心酔していた。われはパードレ平蔵と呼ばれ、三宅家の界隈では信徒たちの人気を一身に受けていた。

このころ、われとともにこのあたりで布教に従事していたのは、老年で病弱なポルロ神父と日本人の式見マルティーニョ神父であったが、三人の間に密接な連絡網があったわけではない。

したがって、病身の老ポルロ神父が、一六三九年五月十二日にキリシタン取締り、石母田大膳宗頼のもとに出頭して捕縛されたことが信徒たちの報告で知らされるとわれは、不意打で驚愕した。なお神父が自首してでた石母田宗頼は、かつてこの地方で熱心なキリシタンであった後藤寿庵と懇意であったので、ポルロ神父は、自首し捕縛されたあとなんらかの特典が得られると思ったらしい。

ポルロは一五七六年にミラノで生まれたイタリア人で、一六〇五年二十九歳の時に来日していた。大友宗麟が生きていた時代である。捕らえられた一六三九年には六十三歳であった。

幕府側から言えば、ポルロ神父は、日本に潜入している南蛮人宣教師の大物であった。滞在期間がながく、イエズス会の副管区長でもあった。神父の中でも、もっとも位の高い地位にいた病身の老人が、なんらかの恩典を求めて自首するとなると、かつて、管区長代理であったクリストヴァン・フェレイラが棄教し幕府側に寝返り、イエズス会内部の潜入宣教師の活動をよく知っていて、彼らの逮捕、断罪に貢献した事実を連想させるではないか。

とにかく幕府はポルロ神父の自首と捕縛を重く見て、特別扱いで江戸まで移送させた。まず馬に乗せて、鎖で厳重に縛りつけ、江戸に向かって連れ去ったと、見物した者の話では、偉い御役人が神父に話しかけ、そちは病身だから宿場では必ず十分な食事をとり、よく休んで元気になるのだぞ、と言ったそうだ。自首したにせよ、役人にとっては名誉ある大捕り物であったろう。

われの寄宿していた水沢の三宅藤衛門という信徒の家には、年の頃、五十程の老夫婦に二十ばかりの息子がいた。三人とも洗礼を受けたキリシタンである。

われ、昼間は奥座敷に寝、暗くなるとそっと出て、街道を避け、山野のけもの道を小走りで急ぎ、あちこちに分散してわれを待つ人々を訪ね回った。深い森の中の小川に沿った集落で、九州などから逃げてきた家族ぐるみの人たちも隠れ住んでいた。ところが近年、仙台藩の武士どもが嗅ぎ付けて、森の奥まで侵入してきて、集団で処刑するようになった。慈悲深い石仏の並ぶ広場が処刑場になって、まこと酸鼻を極めた。殺された者の数は数え切れぬというのが本当だ。われの仕事は、生きている信徒を勇気づける司牧をするとともに、死者の霊を弔う巡礼をすることでもあった。

或る夜、約束の地に小走りで向かうわれを追う足音があった。われが本気で走ると、足音も速度を速める。藪に飛び込み伏して待つと、若い男が目の前を走り去った。星明かりに一瞬で通りすぎたが、あの男、どこかで見た人なりと思った。ついで思い当たることに、昼間訪ねてきた男と知れた。われ障子に小穴をあけて覗き見たのだ。藤衛門がわれに語ったのは、

「御用心なさりませ、あやつは長三郎というキリシタンですが、われらのミサにも集会にも顔を出さず、昼間から濁酒《どぶろく》を飲んだくれております。ところで、あやつ、おのれもキリシタンと疑われて、拷問の取り調べを受けてから、仙台藩の手さきとなり果て、われらの仲間二人ほどが、訴人となったあやつのせいで、御成敗を受けております」

「左様であったか。われは真面目な信徒ばかりと付き合い、不真面目者を知らぬ。それが落とし穴であったのう」

「御用心のほどを」

昼間そんな会話を交わしたのを思い出す。われは約束のミサを三つ捧げ個人的に数人に会ってこれから行く末の相談をし、明け方に水沢の隠れ屋に帰ってくると、様子がおかしい。藤衛門夫婦と息子は縛られて丸太のように座敷に転がっており、われには捕り手の役人どもが飛び掛かってくる。長三郎がユダのようにわれを指差す。褒美の金貨を貰いたくて、われの捕縛に悦に入っている。

仙台の獄中で、われとほぼ同じ時期に式見マルティーニョ神父も捕らえられたと知った。ポルロ神父と式見神父とは、ふたりとも一五七六年生まれであって、一六三九年には、六十三歳の老人であった。ちなみにわれは五十二歳で、まだまだ働けると思っていたのだが、残念無念である。

12　星をささえる闇

われと式見マルティーニョ神父の江戸送りは一六三九年の夏であった。

われらもまた鎖で縛られた姿で、こちらは徒歩での、江戸までの長旅であった。ポルロは当時としては老齢で病身の上、伴天連の筆頭神父であったうえに、自首していたので、多少の憐れみの念を受けて旅ができたが、式見とわれとは、炎天下の苦しい徒歩の旅であった。

江戸において取り調べのすべてを総括したのは、音に聞く井上筑後守政重である。彼は転び伴天連としての任務を忠実に果たすクリストヴァン・フェレイラ、日本名沢野忠庵、とあらかじめ打ち合わせて、三人の伴天連をうまく転ばせる策を練ったようだ。

そして、評定所で、すなわち国の大事を論議するように三人の伴天連を訊問したが、われらは自分たちが司牧してきたキリシタンについて、新しい事実をいっさい自白しなかった。

こうして四回にわたる尋問はなんの成果も得られずに終わった。

評定所には、位の高い老中をはじめ、寺社奉行、勘定奉行、町奉行が出席していて、それぞれの立場から、おのれの職務を名乗りつつ取調べを行ったが、われらは幕府のお偉方なんぞ相手にせず、沈黙を守った。

尋問を受けて判明したのは、幕府が知りたがったのは、キリシタン宣教の経済的基礎、いったいどこから運動資金を得ているのであるか、であった。

井上筑後守は、われら三人を老中酒井讃岐守の下屋敷に移し、三代将軍徳川家光、家光の親しい僧侶東海寺の沢庵和尚、家光の剣術指南柳生但馬守宗矩、など著名人を集め、われらを威圧せんと図ったようだ。

「おなりー！」

と宣せられると、三代将軍家光が先導と太刀持ちとに護られて現れ、すると居並ぶ一同が合手礼で額を畳に擦りつけた。

沢庵和尚と柳生但馬守のときは双手を畳に落とすだけだ。

われは将軍にも頭を下げず、沢庵であろうが柳生であろうが、関係はなしと無視する。

主として大目付の井上筑後守が尋問したが、彼の声は、重々しい響きを持ち、大広間の隅々までよく通った。いやおうなく声音が耳を圧迫する、大目付にふさわしい声なのであろう。が、さすがの彼の声もわれには何の恐れもおこさない。

家光や老中や奉行がひきあげるときに、筑後守は特に家光一人に目通りを願い出、小声でなにやら懇願していた。そして、われらに向き、これよりわが屋敷に行き、余がじきじき尋問を行うと告げた。

小石川の丘の斜面に建つ伴天連屋敷とは、筑後守の屋敷であった。そこでの吟味は十日間に及んだ。井上筑後守は転び伴天連フェレイラを使っての説得に力を入れた。フェレイラは、長崎で管区長秘書をしているときに、ポルロ神父の上長で顔見知りであったが、ポルロは目を伏せて一言も応答しなかった。式見神父もフェレイラとマカオで会っており、昔の颯爽とした先輩の姿を覚えていたが、今は軽蔑の眼差しを向けるのみだった。一人われのみは、大声で、しかし礼儀ただしく罵った。

「おお、忌むべき方よ。イエズス会の恥さらしをなさる人よ。どうしてわれの前に立ち、主イエスに冒瀆の言葉を吐くのか。あなたは信仰を捨てて、このイエズス会の危急存亡の秋《とき》に木と石との偶像を拝むのか。あなたが日本に来たのは、わがイエズス会に恥をかかすためであったか」

われの、このような言葉にとがめられ、哀れなクリストヴァン・フェレイラは、われらを正視できず、目を下に伏せ、後ろを向いて逃げていった。

フェレイラの敗北の有様を、しかと見届けた井上筑後守は、三人の伴天連に向かって、これより、うぬらを、小伝馬町の牢屋に移すと薄笑いしつつ宣言した。

これまでに、評定所で四回の審問、老中酒井讃岐守の下屋敷で五回目の尋問、井上筑後守の屋敷で十日の吟味と、ほぼ二十日間は連日の取り調べで、六十三歳の病身のポルロと式見の両神父は疲れ果てていた。

両足をきつく縛られ、両腕を後ろ手に、これまた緊縛されたまま逆さ吊りにされると、頭に血が溜り、頭脳の動きが鈍くなってくる。ついに力つきたポルロと式見のふたりは、信仰を捨てた証拠に念仏を唱えてしまった。つまり拷問に負けて、やっと地上に下ろされたのである。二人の神父が地上におろされ、縄をほどかれ、背を丸めてよろよろと歩き去るのをわれは逆さ吊るしのまま、悲しみをこめて見送った。と、同時に自然に口が開き、大声で叫んだ。

「ペトロ岐部カスイは転び申さず候」

二度三度われは叫んだが、その声には以前のような張りがなかった。おのれの力尽きんとすと、われはさとった。あとは、ひたすらに祈るべしと覚悟した。

父ロマノ岐部と母マリア波多。弟ジョアン五左衛門とその妻ルフィーナよ。わが旅は、この家族より生まれた。わが家族すでにして天国にある。われが天に昇れば家族に再会してわが旅は終わる。この理《ことわり》をわれ信ず。

さて、われに残る力を試さん。今よりわが旅を唱えん。

岐部の里、長崎、有馬、マニラ、マカオ、ゴア、ホルムズ島よ。はるかなる船旅なりしよ。

砂漠の旅なりしよ。砂嵐の白き太陽よ。ウブッラ、バグダード、パルミュラ、古代遺跡の町々よ。ダマスカス、シリアの古都よ。

ついに、たどり着きたるエルサレムの聖なる都よ。

わが旅は一変す。主イエスに捧げる巡礼とはなりしよ。ガリラヤ湖畔の花畑に慰められ、主の受難の道に励まされ、黙示録の美しきエルサレムに瞠目せり。

そのあとは主が造り賜いしローマの、その神秘の扉をひとつひとつ開き行くがごとき日々、大きく深く静かなる時間の流れし日々なりしよ。

されどわれは知らざりし、ローマの旅は道半ばでありしを、さらに重き長き旅控えてわが時を食みしを。

リスボン、アフリカ大陸の長き就航、さらにモザンビーク、ゴア、マニラ、マカオ、マラッカ、アユタヤ。さらにマニラ、ルバング島、日本。

故国日本は遠かりしよ。
地の果てなりしよ。

主よ、
今こそ我は知る、
すべての旅の出来事が、
すべての希望と喜びが、
すべての苦難と失望が、
それらすべてを包む
五十二年のわが生涯が、
今の一点に向かって流れていたことを。

主よ、
旅路の終わりに主にお会いできる喜びに、
満ち溢れておりまする。
主よ、かかる希望と喜びを、

与えてくださった主よ、
感謝でわれは満ち溢れておりまする。

同心の声がした。

「長崎で覚えたキリシタンへの火刑をいたすがよかろうと存ずる」と与力に進言し、許可を得て焼き鏝《ごて》でわれの胸や脚をじりじり焼いた。

われは灼熱の痛みに、じっと耐えた。微動だにしなかった。が、内心では懸命に祈っていた。

主よ、われは今すぐ死ぬるのを望みまするが、すべては御心のままに！　ホザナ、ホザナ！

灼熱の痛みが消えた。主が痛みを消してくださった。

と、満天の星が、きらきら光り近づいてくるのが見えた。宇宙をささえる巨大な闇に、われはするするすると呑みこまれていく……。

著者付記

三人組のひとり小西マンショは一六四四年（正保元年）、大坂で捕らえられ、殉教。彼は日本国内の最後の司祭であった。

あとがき

江戸時代初期、日本人として初めて砂漠を歩いて聖地エルサレムに旅した人としてペトロ岐部カスイの名前は聞こえている。

一五八七年（天正十五年）生まれ。ペトロは洗礼を受けてキリシタンになった時につけられた霊名、岐部は苗字、カスイは号とでも呼ぶか、自身が仮につけた名前である。

フーベルト・チースリク、五野井隆史などの歴史家の努力で、ペトロ岐部カスイの出自がかなり突き止められたし、ローマで司祭の叙階を受けた経緯も知られるようになった。また日本に帰国する決意をしてからの長い年月の苦難の旅も書簡の発見と解読によってかなり明らかにされてきた。

しかし、彼を有名にしたエルサレム巡礼については、その動機や旅路の詳細など、まだ不明な点が多い。

彼が、当時のポルトガルの東洋進出の基地、インドのゴアまで行ったことは確かであるが、そのあとの行動が皆目わからないのだ。旅の経路、方法、いや旅の動機も、エルサレムでの行動も不明だし、エルサレムのあとローマまでどのような旅行をしたかも知られていない。それらについて私は様々な憶測、夢、想像にふけってきた。そこで行きついたのは、彼が単なる好奇心だけで、孤独で困難な旅を思い立ったのではなく、イエス・キリストへの信仰の証として、つまり人類の救済のために一命を犠牲にしたイエスに倣って、おのが命を捧げる覚悟でエルサレム巡礼を思い立ったと思うようになってきた。

彼はローマに行き着いたあと、司祭に叙階され、さらに修練のうえイエズス会士となり、故国日本への帰還を望み、許されて帰国の旅に出る。この復路の旅は、往路の旅よりも障害が大きくて困難を極めた。徳川幕府の禁教令が厳格に実行されて、キリシタンへの迫害は日に日に残虐の度合いを深めていて、故国に帰れば、遅かれ早かれ殉教者になるのは目に見えていた。それでも帰国して信徒たちへの奉仕と宣教に努めるという確かな決意をもって彼は帰国したのだ。

ペトロ岐部のこの徹底した信仰は、単に日本の信徒としての行為であるだけでなく、全世界の信徒の鑑となる国際性をも備え持っていると私は思う。

私の夢想では、彼はインドのゴアを船で出発して海を横切り、ポルトガルの軍港となっていたホルムズ島に渡り、さらにウブッラ（現在のアバダン）へ船で行き、駱駝の隊商に雇われて、砂漠の道をエルサレムへと歩くというのだ。そこに覗えるのは、冒険へのあこがれや好奇心のほかに確固とした聖地巡礼への志であったと私は思う。

なお、ペトロ岐部カスイの足跡を訪ねて、それに自分の巡礼をも重ねて、私は各地に旅をした。マニラ、マカオ、マラッカ、ゴア、エルサレム、イスタンブール、アッシジ、ローマ、バルセロナ、モンセラート、マンレサ、マドリード、エヴォラ、リスボンなどを巡ったのである。これらの旅のほとんどについて、永年私を導いてくださったイエズス会士の門脇佳吉神父様に心よりのお礼を申し上げる。シリア砂漠が戦乱のため体験できなくなったとき、代替として中国のタクラマカン砂漠に案内してくださったのも同神父様であった。おかげで砂嵐と駱駝の旅を体験できた。

この作品の執筆と出版には講談社の嶋田哲也氏にいろいろとお世話になった。厚く御礼申し上げる。

参考文献

五野井隆史『大分県先哲叢書　ペトロ岐部カスイ』大分県教育委員会、一九九七年
『大分県先哲叢書　ペトロ岐部カスイ資料集』大分県教育委員会、一九九五年
フーベルト・チースリク『キリシタン人物の研究』吉川弘文館、一九六三年
片岡弥吉『日本キリシタン殉教史』時事通信社、一九七九年
ペドゥロ・モレホン著、佐久間正訳『日本殉教録』キリシタン文化研究会、一九七四年

○

ヨゼフ・ロゲンドルフ編『イエズス会』エンデルレ書店、一九五八年
イグナチオ・デ・ロヨラ著、門脇佳吉訳『ある巡礼者の物語』岩波文庫、二〇〇〇年
イグナチオ・デ・ロヨラ著、門脇佳吉訳『霊操』岩波文庫、一九九五年

○

F. E. Peters: Jerusalem, PRINCETON UNIVERSITY PRESS, 1985
高橋正男『世界の都市の物語14　イェルサレム』文藝春秋、一九九六年
加賀乙彦『聖書の大地』日本放送出版協会、一九九九年

本書は書き下ろし作品です。

加賀乙彦（かが・おとひこ）
一九二九年東京都生まれ。東京大学医学部卒業後、精神科医として勤務のかたわら、小説の執筆を始める。六七年に刊行した『フランドルの冬』が翌年、芸術選奨新人賞を受賞。七三年に『帰らざる夏』で谷崎潤一郎賞、七九年には『宣告』で日本文学大賞、八六年に『湿原』で大佛次郎賞、九八年には自伝的長編『永遠の都』で芸術選奨文部大臣賞を受賞した。他に『錨のない船』『高山右近』『ザビエルとその弟子』『不幸な国の幸福論』『ああ父よ　ああ母よ』など著書多数。二〇一二年に『永遠の都』の続編にあたる自伝的大河小説『雲の都』の第四部『幸福の森』、第五部『鎮魂の海』を刊行し、ついに完結、毎日出版文化賞特別賞を受賞した。

殉教者《じゅんきょうしゃ》

二〇一六年四月二五日　第一刷発行
二〇一六年八月二九日　第四刷発行

著者　加賀《かが》乙彦《おとひこ》

発行者　鈴木　哲
発行所　株式会社講談社
東京都文京区音羽二—一二—二一
郵便番号一一二—八〇〇一
電話　出版　〇三—五三九五—三五〇四
販売　〇三—五三九五—五八一七
業務　〇三—五三九五—三六一五

印刷所　凸版印刷株式会社
製本所　黒柳製本株式会社

定価はカバーに表示してあります。

ISBN978-4-06-219977-3